时光的飞白

乔轼 著

时代出版传媒股份有限公司
安徽文艺出版社

图书在版编目（CIP）数据

时光的飞白/乔轶著. —合肥：安徽文艺出版社，2019.9(2023.1 重印)
ISBN 978-7-5396-6721-8

Ⅰ．①时… Ⅱ．①乔… Ⅲ．①短篇小说－小说集－中
国－当代 Ⅳ．①I247.7

中国版本图书馆 CIP 数据核字(2019)第 150891 号

出 版 人：姚　巍
责任编辑：周　丽　　　　装帧设计：天恒仁文化

出版发行　安徽文艺出版社　　www.awpub.com
地　　址：合肥市翡翠路 1118 号　　邮政编码：230071
营 销 部：(0551)63533889
印　　制：三河市嵩川印刷有限公司　　0316-3650395

开本：880×1230　1/32　印张：7　字数：180 千字
版次：2019 年 9 月第 1 版
印次：2023 年 1 月第 2 次印刷
定价：42.80 元

目录

城市的发展步履赶不上
居民的购车节奏，而小区的
设计缺乏前瞻性，于是停车
难成了有车一族的烦恼，一
些冲突在司空见惯地上演。

断桥

桥那边没有了路，所以这桥习惯地被称为断桥。

我不能确定桥那边的路会不会延伸，什么时候延伸。但这断了路的桥总让我感到心堵。所有的人或车，行到此处，都只能戛然而止。

断桥在乔城无人不晓，因为临河处开了一家口味地道的断桥饭店。据说店里的河鲜是野生的，鸡是土鸡，连鱼丸都是厨师亲手刮的。

我并不关心饭店的口味，只关注桥上的车。一到晚上，桥面便成了一块天然的停车场，开车人很规矩地分成三列停车，车队一直延伸到光复路口。但里面没有一辆是我的车，因为，我从来都没有能赶得上其中的某个车位，那些车位都被市区就近的车主早早地占领了。他们抢先稳稳当当地占了车位，让我有一种被占了便宜的感觉。这辈子,我从未占过谁的便宜。

我住的小区就在断桥旁。但我工作在罗城。罗城区归乔城市管辖。我从乔城奔赴罗城上班,单程近一个小时,路上的车多得像蚂蚁一样,寸步难行。所以,当我回来的时候,人归了家,我的车却找不到安放的去处。在我寻找车位的时候我的魂魄出离在了车头的方向,无助地游荡。

由于早出晚归,我不怎么了解左邻右舍的情况,譬如车之有无、车库之有无,我只关心我的车能停放在哪个车位。

今晚我把车停在了公寓楼下,感觉很踏实。因为,我只需站在窗口探一下头,就能看到我的车安静地泊在楼下,少了以往停在远处看不到时的那种牵挂。开车的人那么多,骑车的人又那么随意,很难说第二天我停在远处的车能安然无恙。但今天算是走运,破天荒地让我在自己的楼下找到了一处车位。我看到了一个安稳觉的美好身影。我就这样踏实地睡到天明,大约七点钟时,楼下传来了一声声的呼喊。

在小区里,谁的车堵了谁的,是一件司空见惯的事。对于这种高分贝的呼喊,以及按喇叭的催促,大家都习以为常。但这次不同,因为呼喊者所报的车牌居然是23559。我知道我的车堵了人家的了,得赶紧下去挪位,这是规矩。

一般情况下,我上午九点钟赶到单位,七点半起床,八点前出发。楼下的这一声喊,让我牺牲了睡眠时间整整半个小时。我心里堵得慌,但脚步不能慢下,急急地下楼,我打算挪了车位,回来再盥洗。

我一路走来,猜想着喊的人是谁,当我转过墙角时,发现了一个最不想见的人——三楼牛师傅。我住二楼，牛师傅家住我楼上，"官"大一级压死人，楼高一层害不浅。牛师傅老婆舍不得电费，洗完衣从来不在洗衣机里甩干，就直接晾出来了。水滴打在我家的雨篷上，每次惊得我老婆来不及收拢晾晒的衣裤。那场面，狼狈得像遭雷阵雨突袭。但你又不好说人家，三楼牛师傅脾气可大了，小区里经常能听到他与人争执的嘈杂声，似乎他从来都是最后的胜者。

牛师傅老远就冲着我吼："老皮，这车是你的？那你怎么可以把车停在这里呢？"

我一脸茫然，不明白我的车为什么不能停这里。是呀，我为什么不能停这里呢？

"你把我的车堵在车库里了！"

哦，原来我停车的位置刚好是牛师傅家车库的门口。可是我不知道这车库里有车呀，这不是不知者不怪吗？

你本可以好好说话的，我又不知道这车库里有车没车。我本想这么回他，可是，一看到牛师傅那副颐指气使的神情，气就不打一处来，说出口的话变成了：

"这地方是你家的吗？如果车库门口的地是车库主人的，岂不是'塘归田管，路归屋管'喽！"

乔城的人都知道，这一句是"莲花落"《血泪塘》里的台词，我拿出来说，是暗讽牛师傅是地霸了。此刻的牛师傅好比是堆干柴，而我这句话正好抛去了一粒火星，接下来的事我就不在这里多说了。

可争执的结果还得我退让。牛师傅的车龟缩在车库里，虽说出不来，但没有安全之忧。而我的车在明处，倘被"糟蹋"，防不胜防。

我得为我的爱车找一处安放之所，找一处一劳永逸的地方。

买一处车库？得了吧。乔城的车库价位已直指二十万元，实在不是我能承受的。

我搜索着小区内外的每一寸土地，从西区到东区，从断桥到光复路口，黑压压都是首尾相连的车辆。这些车主，恨不得把自己的爱车缩小或者折叠，塞入那些狭小得不能安放的空间。而出车的时候，又恨不得自己变成漂移的高手，不用倒方向盘，直接把车像抽屉般拉出在路上。或者，从车顶上升起一支螺旋桨，不能飞行也罢，能拎出在路上便行。可这样的想法未免有点荒诞，车还得老老实实地停着，并且还必须保持能移出的空间。

很显然，马路上是不能泊车的，哪怕是从断桥到光复路上的这段断头路本也不该。最大的空地倒是有一处，而我最终也把目光落在了这一处空间上。

我强调，这一切都是被逼无奈。

一条水泥栏杆是挡在我的爱车去向这块空间的拦路虎，我得先清除了它再说。我手捏着铁榔头，坚定地走向栏杆，那神情就如打虎的武松，因为，我知道一旦举起了榔头，就会引来不可计数的目光。但是，如果我退缩了，那我的魂魄与我的爱车将继续游离于苦难。我敲下了第一锤，这一锤似乎锤的不是栏杆，而是楼上的住户的神经。因为，在我敲响第二锤的时候，前后两幢的窗口开始聚集了人影。我自知，那动静真的有点不像话。当我敲响第三锤的时候，我能感觉到窗口晃动的头颅。但我没有停下，也没有回头，就让那栏杆的碎屑在我身前崩飞。那窗后的身影开始挥动起指指点点的手势。我没有退缩，而且此刻已经没有退缩的借口。我敲塌了大约两米高的栏杆，若无其事地把崩塌的水泥碎屑打扫干净，像清除窗后的流言那样倒入了垃圾桶。然后，我熟练地捣起了混凝土，在敲开的栏杆处浇筑了一道缓坡。我觉得自己的活很细致，说起来要感谢我有一段建筑工地做小工的经历。几天后，等到缓坡硬化了，我一踩油门，把我的爱车冲上了缓坡，四平八稳地停在了我看好的空地中央。

这空地不是别的，就是两幢公寓楼间的花圃。

我觉得花圃真是浪费空间，理应开辟为停车位。这样，可以解决小区停车难的问题。我以行动发起着我的这一倡议，我并不在乎别人的效仿。相反，我期待着效仿者接踵而至，印证我的倡议是得到响应的。那样，可以让那些非议者闭嘴。

但情况并不如我所希望的那样。在我把车停在花圃中央的一周后，居然没有一个跟风者。更糟的是，我的爱车出现了状况。

晚上，我只需站在窗口，就能看到我的爱车停在花圃中央，它像一匹安静的骏马匍匐在花团锦簇里，一低头，就能嗅到一地的花香。而绿树是它的伪装。如果不是走近了看，居委会的人根本没有想到，在这两幢楼之间的一片绿色里掩蔽了一辆小车。

向西看，是断桥。此时的断桥初上了华灯，灯光照得宽阔的桥面亮如白昼，一些妇人在舞蹈，和着一支支乐曲。但她们只能在人行道上摇摆、蹦跳。桥面归了那些密密的黑甲壳，分成整齐的三列，像三支黝黑的臂膀，伸向光复路口。这些车真是命好，因为主人在乔城工作，有了抢先占领断桥的机会。一旦断桥接续了西去的马路，路必将归还给行驶的车辆，而泊位又将去向何方？

也许花圃是车辆的未来去处。我不过是先行一步而已。

我并不担心效仿者之有无，因为我坚信，那只是留给时间去印证的问题，无关结果。

我喜欢站在窗口，静默地想一些庸常的问题。譬如车位，我为什么不能停在断桥上，而非得冒天下之大不韪。说句心里话，我在心底里还是把车停在花圃里这件事，视为我这些年最具新奇的创意。我用"新奇"一词来掩盖内心的发虚，而所谓的创意，也许是自欺欺人，因为我还没有得到邻人的跟风印证。相反，我能感受到邻人的厌恶，他们在与我擦肩而过时凝固的脸色，是内心最好的表白。几个平时照面点头示意的邻人，如今也形同陌路。我感受到，我得到了车位，但似乎失去了一些东西。这些人中数老牛的眼光最毒，并没有因为我不堵他家的车库了，而缓和些许。经常地，我在二楼往下望，而他在三楼同样注视着花圃，口中还不停地念叨一句：凭什么！

他把后半句压在喉头，我猜想他想说，凭什么老皮的车可以这么停！再或者，如果可以这么停，他老牛何苦花大钱买个车库！而牛嫂是个爱养花花草草的人，她在我头顶浇自家窗台的花花草草的时候，免不了为花圃惋惜，看，好好的花圃糟蹋成什么样子！

牛嫂的调门很奇怪，忽高忽低，前一句响亮些，仿佛要把所有的怨气着力在前几个词上。但话一出口，又似乎想到了二楼窗口是否站了一个同样在关注花圃的老皮，一下了把嗓门降到最低。尽管如此，她尖细的怨词还是刺痛了我的耳膜。

花圃里种了花木有什么好的？不但有碍视线，还招鸟雀，天一露白就烦人地鸣叫，扰人清梦！

我这算是向三楼的回敬，还是为自己在别人眼中的"糟蹋"开解？

不管是哪一种，我庆幸自己竟然脱口而出。然而，我发现自己的嗓门受了牛嫂的感染，是在复明复暗里完成的，更像是一种自言自语的表述。

在我话音未落的时候，我听到三楼有了一阵子窸窣声，接着归于静寂。

站在二楼的窗口，我对三楼的怨声同样听得清楚，而此刻那种静寂弥漫开来，让我的脚步开始有一种往后移的感觉，情不自禁。空气里充满了一种挤压，我意识到我应该远离窗口，而且最好不要出声，哪怕是咳嗽。

我跟老牛路遇时一般互不搭理。跟牛嫂对面相遇，也是不开腔的时候多。但是，鉴于现状，我觉得有必要缓和邻里的气氛了。我打算先从牛嫂开始，毕竟，我与她有相对良好的基础。

乔城人现在都有晚饭后散步的习惯。我与牛嫂路遇，上前搭讪："今晚啥小菜下酒？"牛嫂扭头甩过一句话来："梭子蟹蒸笃笃肉！"

"鲜鲜鲜！我竖起了大拇指。"大家都没有停步，等我说第三个鲜字时，我与牛嫂的距离已然在两米之外。

第二天，我像往常一样急匆匆地下来，直奔爱车，赶着去罗城上班。还没走近我的爱车，或者说，我只是看到车尾时，就闻到了一股子鱼腥味扑面而来。我刚要去打开驾驶室，却发现前车引擎盖上花糊一团，两只梭子蟹的蟹壳猩红扎眼，一只仰天，一只俯卧，像一对喝醉了的哼哈二将躺在引擎盖上。蟹壳的四周是嚼烂了的一些残渣，像是酒鬼的一地呕吐物，污秽不堪。而一只黑色的垃圾袋在秽物的迟滞里来不及被风卷走，底下紧贴着车盖，上部在风中呼呼响。

一股子无名火涌上了头，但又无处发作。我向着谁开火？朝天谩骂，骂他个天昏地暗，让肇事者内心不安？那太娘们了！小时候家里丢了鸡，娘是常用这一套的，从台门口到院墙门来回地走，一路朝天骂，骂得那偷鸡贼都想把鸡皮从肚子里吐出来了事。我自然不能这样做。我感觉到不应该把众人推到对立面去。冤有头债有主，我应当找出那个肇事者。

线索在哪里？

两只猩红的蟹壳在我黑色的车盖上无处遁形。我想到了"梭子蟹蒸笃笃肉"的那句话。我猜想，一定是老牛在晚上下楼时将一天的垃圾扔在了我的引擎盖上。牛嫂喜欢散步，但老牛喜欢唱戏。这对窝了一天的老鸳鸯每每到了晚饭后各奔各的去所，一个去散步，一个去了断桥上新聚拢的戏迷角过戏瘾。幸亏如此，我才有了单问牛嫂的先机。我感觉，如果老牛要使坏，八成不会告诉牛嫂，因为他清楚牛嫂是个没心没肺的人，嘴上没个把门的。我得当面问问老牛，如果他说昨晚吃的是蟹，那肇事者另有其人；如果老牛说没吃蟹，那他是做贼心虚，欲盖弥彰，那个使坏的人铁定是他。

但我白天没法跟老牛打照面啊！我总不能找上门去问。

我一声不吭地搞了一次车盖卫生，闷闷不乐地开向罗城，一路寻思着查找线索的法子。

晚上，我早早地吃了饭，候在楼下。老牛比牛嫂晚下楼，手中果真拎了一袋垃圾，我凑了上去，搭讪。

"也不知道现在的梭子蟹多少钱一斤，据说这几天最肥最便宜。"

老牛怔了一会儿，问："你是在跟我说吗？"

"是啊。就咱俩呀！"

"哦。这个我还真不太清楚。要说吃梭子蟹，那还是去年的事了。"

嗨！这不是睁眼说瞎话吗？我心里这样喊。得了，这案子破了，但这梁子也算是结上了。

老牛没有停下，很快地走远了。放在平时，我会觉得实在是一件平常不过的路遇。但这一次不同，我左看右看也感觉这是一种逃离。我真想追上去暴揍他一顿，但我又不能确定能不能占上风。因为，从明面上看，老牛比我壮实，那块头那拳头整整比我大了一圈。

我尾随着老牛，但始终保持着一定的距离，一前一后地来到断桥的戏迷角。我知道老牛喜欢京剧，兴致所至还喜欢嚎上两句。今晚他与戏友们围坐一团，轮番上阵，又让断桥有了一个热闹的夜晚。但断桥在晚上九点以后逐渐地消退了高涨的气氛，再过一小时后，便会归与沉寂，沉寂得只剩下穿桥而过的河风是唯一的动静。

老牛张开了嘴，微微摇晃着他的冬瓜头，唱的是《空城计》，一吐字，韵腔倒真有几分马连良的味道。他将桥栏当作了城头，面朝西江，时而退上一步，时而又向前跨上一小步，时而又手搭凉棚向远处眺望，似乎那司马懿的军马正掩天蔽日地杀来，煞有介事。但我不是来欣赏京剧的，我也不喜欢这咿咿呀呀的所谓国粹。老牛的举止，只留给我一种印象——装腔作势。他可真会装！明明颔下没有长须，他总时不时地去捋上几捋；明明一双手指头粗得像红萝卜，却偏要装作诸葛羽毛扇，在身前轻轻地摇上几摇。这一切是那么的假，以至于明明昨晚吃了梭子蟹蒸笃笃肉，却满口白牙地谎称吃蟹是一年前的事了。

戏场散了，老牛也走了。可我一个人坐在桥墩上生闷气。我想到了报复。但老牛家的车窝在车库里，我没有办法也撒上一袋垃圾去。这让我很无奈。断桥的桥墩是石头砌的，我的屁股再厚实也焐不热它。相反，它却通过我的肉体源源不断地输送着寒意，从肠子一直传递到心窝。一个念头闪过，要不用竹篾去塞老牛家车库的卷闸门锁眼？我起身便走，在花圃里倒腾着，试图寻找一块合适的竹片。一只老鼠突然跳出来，从我的脚边蹿过去，终止了我的倒腾，也扫了我预谋的兴致。我回到家里，只在窗口默默地望了几眼停在花圃中的爱车，轻轻地叹了口气，心想，不知道接下来还会有什么状况发生。

老牛的腰间总是挂一串长短不一的钥匙，每次路过我家门口，那摇动的哗啦声特别扎耳。迎面相遇时，能看到有一把长出许多，我留意到那是一把多功能五金小工具，有小刀片、小钻头、耳勺、瓶盖撬。说老实话，这玩意儿谁看着谁欢喜，圈在钥匙圈里挺方便的。我平时也喜欢拾掇些小玩意儿，剪子呀，钢锉呀，钻头什么的，家里有些需要时也能用得上。但我没有老牛腰间挂的那个多功能玩意儿，心里总惦记着什么时候也能弄一把。

自从那件乱七八糟的事发生后，我一直担心着我的爱车再遭不测。但事情过去了一周，我的爱车却不再有什么状况。也许，是老牛，或者谁，一个相对过激的人，对我闹出了那么一出来表达心里不平的小动作吧。这很有可能是像老牛这样有车库的人，觉得花了冤枉钱，让我占了"开辟"车位的便宜，在不平之下，有了这样不文明的举动。如果真的有意见，你完全可以效仿的，我不介意。而有车库的你也可以努力为车库寻找出路，譬如出租，补贴个柴米油盐。大家都是文明人，完全没有必要对我的爱车下手。

生活是那么的无趣，唯一能促我兴奋的是那些身上遮盖得越来越少的美女。我爱我的车，但这种爱只是刚上手时传递给我的快感，随着从罗城到乔城的一路堵车，再到小区的无处停车，我对我的爱车已心生恨意，唯一维系我还一次次坐上去的是，我真的不想去挤公交。

是的，我不想去挤公交了，我在罗城多少也是一个有身份的人。我在罗城世贸大厦28楼上班，是一家外贸公司的办公室主任。你看，我还算是个有正经身份的人对吧？而我手下的那些女助理，天一热，她们很统一地穿上了紧绷绷的小热裤，露出葱白的大长腿，晃得办公室在苦夏里春意盎然。这对我是个考验，我既要抵御这些诱惑，还得保质保量地完成老总交付的一个个攻坚式的任务。在这么多的美女中，谢红霞是最不像话的一个。这小妮子浑身勃发着一种青春活力，像个骚动的小妖，对我的干扰以两人间的距离计算。有时候真想让她离我远点，那样我的工作最见成效。可不知怎的，她就是爱在我身前晃。我都不敢正视，因为我知道，一仰头，准能遭遇她那对大眼睛。那对大眼睛总是能击穿我的内心，让我顷刻之间缴械，成了她的俘虏。我搜索着用以抵抗的理由，最后找到了一块用于筑起自己心理防线的免战牌——我是大叔。

论年龄，我是这些助理们的叔字辈了，我怎么可以去想一些不该想的事呢！她们比我的孩子大不了几岁，那样想实在罪过。我这样想时犹如来到了断桥，我心里的小波动到此再一次戛然而止。前方已没有了路，所有的车必须在此踩死了刹车。如果刹得早，你尚可以在桥面上找到一处停放的车位，平静地送走落日，迎来晚霞。断桥确是一处安放心灵的好去处，即使夜幕扯满了天空，尚有清凉的月色洒下光辉，用以慰藉。

我知道，断桥上空的月色是转换着颜色的。今晚，月色换成了玫红。奇怪的是桥中央没有了昔日的拥挤，那些排成三列的车都不知去向，仅留下孤独的一辆。明月当空，一束聚光打在了车身上，我看到了车牌——23559，吓了一跳。我记得明明把车停在了花圃，怎么移置于此？我还来不及搞清楚这个问题的时候，却有更大的吃惊已然到来。

我看到空旷的桥坡上缓缓走来两人，男的牵着女的手，挨得很紧，都快赶上拥这个姿态了。我揉了揉眼，看仔细了，差点没叫出声来。我认识这两人，一个叫皮主任，一个是叫谢红霞的。

皮主任怎么与他的助理谢红霞走在了一起？不是，皮主任怎么可以把谢红霞搂得那么紧？他不是以大叔自据吗？可气的是，小谢居然那么顺从！她紧挨着那个皮主任，居然，居然还一起上了他的车！

我真想喊住小谢，上了皮主任的车还能有好？这小妮子，她究竟想干吗？

咳嗽声！

需要说明的是，在车胎爆裂之前，先是有人咳嗽了一声。也就是说，这一切的起因是因为那一声该死的咳嗽！我熟悉那咳嗽声，与我站在窗台听到的来自三楼的完全一致！可恶的牛师傅！

我睁开眼，月光透进窗帘，房间里只有微弱的光线。我在微弱的月光里叹息，叹息断桥的残梦，那稍纵即逝的玫红色。

每一个早晨是那么的匆忙，起床，盥洗，早点进餐只能在路上。我匆匆下楼，来到绿树掩映下的爱车前，打开车门，坐稳当了。不行，今天怎么坐也坐不稳当，我的身子执拗地向右倾斜着。我意识到车子出了状况！原来，前右胎像个掉没了牙的老太太黑着脸瘪在那里。我想骂人！可是骂谁呢？我说过，我一贯的原则是奉行"冤有头债有主"，我从不学我娘那样朝天骂偷鸡的贼，会得什么烂肚子。再说，我不是个有职位有身份的人吗？怎么能学娘那一套呢！

线索在哪里？

我想到了那一声咳嗽声，于是恶狠狠地朝三楼看了看。我恨牛师傅！不仅是因为前些日子的梭子蟹哼哈得太过张扬，更因为他搅了我昨晚的好梦！而眼前的扎胎，我得先查找原因再说。

外胎果真有扎痕。那扎痕果真与老牛腰间的多功能五金小工具上的小钻头十分相仿。但我没时间去核实。现在，我迫切要做的是换轮胎。

迟到是不可避免的了。我用备胎换胎需十分钟，迟到十分钟我在办公室不是啥大问题。关键是我还得抽时间去补胎，只得找个空闲再说。好在，我现在再怎么晚回家，也会有一处为我的爱车安放的处所。而小谢是一如既往地跳动着她的活力，并不知道昨晚发生了什么。她当然不可能知道。

现在，我得考虑怎么把老牛的那串工具弄到手，去印证与那轮胎上的扎痕是否吻合。

今晚，我敲开了三楼的门。

"老牛，借我一下起盖器，咳，就你腰间别的那串。"

老牛愣在了那里，他一定在想，平时也不见你老皮上门有什么事，今天是什么情况？就为了借一个起盖器？可这事又不好拒绝，只好迟疑地取下那一串小工具，竟然连钥匙也不取下一起递了过来。

我兴冲冲地下楼，直奔花圃，打开后备厢，与轮胎上的扎痕一比较，发现真的十分吻合，脸一下子就拉了下来。我一屁股坐在地上，把老牛的那串五金小工具挨个地掰开来，看了个仔细，以免再有发生时可以早早地确定方向。老牛的起盖器有两个支点，包围式地紧扣在工具把上，设计得不占地方。那钻子的前半段成螺旋式延伸，后半段是直柄，质量也相当不错。还有那小刀片、指甲锉、耳勺，个个精致小巧，如果不是因为它有作案工具的嫌疑，真让我心生欢喜。可现在是我看着它就来气，我真想扔了它，至少也不能这么爽快地还给老牛。我当作起了盖喝酒喝糊涂了，就没有马上折回三楼。一顿饭的工夫过去了，老牛便砸响了我家的门。那上面连着钥匙，他怎么能不急呢？

老牛拿走了钥匙串，我却忘了说声"谢谢"。好在老牛是从三楼下来去戏迷角的，也算是顺道。钥匙串再一次被挂在老牛的腰间，一路哗啦地来到断桥，连同我那狐疑的心。我知道老牛只会去戏迷角，因此几分钟后我也散漫地来到断桥。

今天，老牛唱的是尚长荣的《铡美案》。包龙图打坐在开封府……

这个包龙图就是包拯，演的是净角，俗称大花脸。你看那老牛，嗓门儿可真够高的，哇呀呀地咋呼，两只大手在身前上下那个扒拉，恨不得把一张黑锅脸扒拉成现成的大花脸。我知道，他正在散他的酒劲，老远就能闻到那一股子冲鼻的酒气。老牛这一开唱还是有些气场的，像那么回事。观众越聚越多，围成了张龙赵虎王朝马汉一干听差的衙役。老牛可来劲了，声若铜锤，一记记地敲在了听众的耳膜上，叫好之声此起彼伏，只有远处的我在心底里冷冷地骂——你这个没有涂油彩的戏子！

很显然，唱戏是老牛的全部乐趣。而我没有真正的乐趣。硬要说有，那就是每当我看到助理们白晃晃的长腿时，心情就很好。但我这个乐趣上不了台面，好在助理们的长腿暴露在那里是可以用来欣赏的，这并不需要问。可老牛唱响的毕竟是国粹，就这一样，我的品级被老牛生生地甩出去老远。何况，我的乐趣带有季节性，一场秋雨就可以剥夺我的快乐，脆弱得毫无道理。今晚，我看了老牛的大花脸，手舞足蹈，演得投入，唱得真切，一时忘却了他两次对我的爱车作案的嫌疑，听到曲终人散。

回来后，我倒头便睡。刚一入梦，一个个上了油彩的脸谱在我眼前晃悠，唱完了红脸的关羽、白脸的曹操，再唱那黑脸的张飞叫喳喳，忠奸贤愚竟然轮番着上前，这一觉睡得我好吵好累。

早上七点半，手机闹钟按时响起，我知道我没有赖床的资本，条件反射地弹起身子，去做那一套每天早上重复的步骤。可是，等我站在爱车前，我完全傻了眼了！这已经不是什么车盖，简直是大花脸！一条条双回线爬满了我的前后车盖，那深深的凹痕如同刻画在我的脸上，这是毫无底线的破坏、明目张胆的挑衅！当然，我说过，冤是有头的，我绝不学我娘骂偷鸡贼那样地朝天谩骂！我要弄清楚双回线的成因。哦，我想到了老牛腰间的五金小工具，那上面的起盖器是双支点的，间距正好相仿，如果掰开那个起盖器，用力往车盖上这么拖行，正好造成眼前所呈现的效果。

可我还得开向罗城，开向世贸大厦，刻不容缓。但这次我已经确定了肇事者的方向，从梭子蟹壳，到轮胎，再到划痕，件件事都与老牛挂上了钩。世间怎么可能有那么巧的事！

老牛，你不是牛吗，你等着，看我晚上回来怎么收拾你！

我开着划花了的车一路狂奔，只想以最快的速度到达罗城，钻入世贸大厦的地下停车场。我那划花了脸的爱车需要更少的人看到那副糟样，正如我那脆弱的受伤了的小心脏需要受到庇护一样。而回程的暮色可以掩蔽这一切惨痛，即使灯光亮如白昼，也足以让我放松。我急急地打着方向盘，两旁的车惊恐地躲闪着，那种惊恐让我想起了西班牙潘普洛纳市的奔牛节，此刻的我，犹如一头眼上抹了辣椒的斗牛，狂奔乱闯，穿城而过，所向披靡。而激怒我的，自然是三楼的牛师傅，这个可恶的戏子，彻头彻尾的挑衅者！

这一天过得比往常漫长些，我坐在电脑前，脑子里却盘算着如何向老牛宣战的法子。要知道明面上的实力我弄不过老牛，但似乎可以换一种场合，突显出我的优势。如同浪里白条张顺初遇黑旋风李逵，地上不行咱就到水上去比画比画。我这么自信于我的水性，是基于孩提时代的泡江，每次都要娘用竹竿把我打上岸。

今晚回来我特地多扒了一碗米饭，早早地候在了断桥的一边。我怒火燃烧了一整天，此刻的我像一头犄角锋锐的斗牛，伺机出击，奋蹄冲刺。我在十五岁前就惯用"牛头攻"这一招，对付那些比我更显实力的玩伴，屡屡奏效。我看到老牛的身影了，他一定是又喝了半斤黄汤，晃着那颗大脑袋一路走来。我看到他上了桥中央，突然喊了一声："小梁王，我要挑了你！"说完，像一头公牛一样冲了上去。

老牛猝不及防，一头被我拱入了桥下。西江河上"扑通""扑通"两声巨响，断桥上，河两岸迅即聚拢了看热闹的人。我想我是成功了，我成功地使用了"牛头攻"把复仇的对象置于了难堪的境地。但我不知道起先设想这种寻仇的方式是否考虑周全，因为，我只考虑了一种情况，那就是老牛会水，只是水性不如我好。这样，我就可以出了连日来的恶气。但倘若老牛的水性胜过了我，那我岂不是自讨苦吃！还有一种更糟，如果老牛不会水呢，那我的报复就成了施救。那就很无聊了！因为，我玩不了老牛了，而且还得担心他的生命安全。毕竟，我没有张顺那样的本事，老牛也没有李逵那样能抗得起折腾。

事情果真演变成了最坏的结果。老牛是个旱鸭子！

好在，西江的水不算太深，最深处大约刚没了头的样子。感谢河伯，感谢河神！

等我把老牛拖上岸的时候，我与老牛只剩下了半条命。两个人双双倒在岸边，大口大口地喘气。围上来的人七嘴八舌地说着些什么，可我实在没有闲心思去理睬。一会儿，我与老牛精神大有好转，坐起身子。老牛一伸手给了我一巴掌，我赶紧回了他一巴掌。老牛吼叫着："你有病啊！"我知道他在怪我没事干吗把他拱下桥去的事。我回了他一句："这几天你都干了什么好事，你知道！"

"什么好事？你这人莫名其妙！"

"你动我的车了！倒垃圾、扎轮胎、划车盖，这些好事都是你干的吧？是爷们你不要对我说你没干！"

"你神经病！我真的没有。"

"戏子！"我骂了一句，摇着头起身就走。我真的不能与他再争执下去了，随着体力的恢复，我与老牛的力量平衡越来越倒向他的一边，留下没好结果。

"回来，你给我说清楚！"

老牛在后面吼着，但我的脚步却越走越快。看我把这事办的，我恨不得给自己抽上两嘴巴。

这些天我躲着老牛，但我并没有放弃对老牛的怀疑。好在老牛也没有为拱下水的事找上门来。我记得骂了老牛一句"戏子"，当然是他骂我"神经病"在先。我觉得我骂得对！我越来越猜不透这些平日里一脸堆笑的人肚子里埋着什么暗害之心。他们一个个好像是天生的戏子，隐藏起内心的险恶，却伪装出温情。他们一个个是天生的油彩大师，把自己绘成一副副或谦恭、或友善、或谄媚、或天真的脸谱，但油彩下却是另一副写满险恶的嘴脸。

我开始犹豫起对老牛的猜疑。那些坏事，如果真是老牛干的，尚可以理解为我跟老牛的个人积怨；但如果不是！我真不想有更多的邻人站到我的对立面去。

这一晚我没有出门散步，觉得有必要留意一下花圃的动静，看看有什么迹象，可供我寻找使坏者的线索。但我终究做不到不休息，我是个白天需上班的人，比不得那些退休的老人。不过，我可以争取尽量睡得晚一些，也好让那些使坏者同样经受熬夜的苦。

昏黄的路灯被花圃里几株叫不出名的树枝粉碎了柔软的光华，我的爱车隐没在夜的黑暗里，只留下模糊的轮廓。而四周是那么的宁静。

突然，一声"活该"，从三楼的窗口抛下，像一记铜锤敲打在我的耳膜，我闪在窗帘后打了一激灵，久久地不敢出声，静默里等候着接下来会发生什么。但是，一切又归于宁静，仿佛那刚刚的一声"活该"从来没有发过声。很快地，我再一次陷于无聊的观望，而睡意在黑暗里像麦芽那样从来不知道停下疯长的脚步。

过了零点，我的眼皮开始打起架来，只好很不情愿地离开了窗口。我放弃了观察，也就放弃了对爱车的那份执着的关注。

刚一睡下，我就做起一个奇怪的梦来。我发现断桥上聚集了很多人，当然，车子是同样的已不知去向。我挤了进去，发现地上躺着一只大甲鱼，足有面盆那么大，估计有个十多斤重。那甲鱼仰天躺着，露出了一肚子的黑白花纹。我知道甲鱼是不喜欢四脚朝天的，它会伸出长长的脖子撑起身子来翻身。可是每当它一翻身，就有一根竹竿将它撬回仰天的姿态。我抬头一看，发现拿竹竿的不是别人，正是老牛。这些天我不是躲着老牛吗？想不到今晚在断桥上又遇着了。我刚想抽身走开，想不到老牛用力推了我一把，一下子摔了个四脚朝天。

王八，又一个大王八！

老牛这样说着，引来了围观者的哄笑。我知道他在为那天被我拱下河的事找回颜面，我那样挑明了跟他过不去的确是我的错，毕竟，对于他暗害我的爱车，我缺乏直接的证据。我没有恼怒，一起身掸了掸屁股上的灰尘，默默地走开了。

这梦也没有接续的下文，到此便画上了句号。但早上起来，对于那只面盆大的四脚朝天的大甲鱼我却记得清晰。至于那些哄笑的人的脸，我也只记住了老牛。

我走向花圃，准备赶赴罗城，却发现车子不知去向。日头当空，这可不是梦境！我的额头开始沁出了汗。

谁弄走了我的车？

我开始急急地在小区内搜寻，最终发现我的车停在了断桥下的河埠头。

老牛是不可能做成此事的，哪怕加上他老婆和儿子，也不能。这事与老牛肯定无关。除非有那么四五个壮汉，趁着夜深人静，把我的车推到了河埠头。就此一着，使我原先对老牛的猜疑忽然变得飘忽起来。我落入了迷茫，因为我看到了更多的人果真站在了我的对立面。

我的车侧身骑在河埠头的斜坡上，仿佛一伸手去触碰，随时都有四脚朝天的危险。我想到了那只大甲鱼，想到了那一声咳嗽后的轮胎的命运，觉得原来梦不仅仅是梦。

今天我是上不了班了，我得请假处理我的爱车脱离这尴尬的境地。我的爱车伤痕累累，最大的问题是由于骑在了河埠头的斜坡路牙上，磕坏了底盘的车轴。一辆修理厂的吊车把我的爱车吊上了断桥，然后由一辆拖车拖进了 4S 店。

今晚的月色很苍白，而星星眨累了眼，不再与月儿做伴。虫儿噤声，在猜想着我的心事。光复路上的店家一一打了烊，一切安静地睡去。

我拉了拉帽檐，怕有风起时吹落我头上的掩蔽。断桥之上，唯我孤身徘徊。我知道那街口的光复大厦顶上眨着另一只眼睛，它不会觉得累，也不需要休息。它的任务是记录这段路上发生的每一秒的故事。但它照不见我的脸，因为此刻，我的脸被一顶长舌的遮阳帽隐去了大半张脸。

我望了望长长的车队，分成三列，它们在等待我的检阅。今晚，我将以我的方式检阅这些车队，并给它们留下深刻的印记。我伸出手去，指头多了一枚长长的钥匙。

一种嗞嗞声钻入了我的耳朵，一条直线从我的手指下向前不停地延伸，从第一辆车的车尾，去向最后一辆的车头。然后，折回，然后，再次向前……

　　我知道这是我划出的最长的一条线，我必须尽可能地划直些。当我不满意时，我会努力去修正它的直。我一直享受我的一丝不苟，但我更享受的是那划行时的嗞嗞声，它实在令我亢奋，亢奋到忘了另一只手紧拉住帽檐。

　　四十六辆，这是今晚停在光复路到断桥上的车辆数。当我在所有车上都画上了直线后，那种嗞嗞声已然移植在了我的耳膜之间，一直嗞响，直至轰鸣！最后，我的脚步停在了断桥上，觉得唯有舞蹈才能继续我的宣泄，便开始了一个人的舞蹈。

　　一阵凉风起自西江之上，在桥面上打了个飞旋，突然吹落了我的帽子。与此同时，光复大厦上的眼睛放出了蓝色的闪光，瞬间即逝。而我像被电击一样，轰然倒下。

风语

一位遭单位精简的文书，因难以接受现实，在淋了一场透雨后发高烧失聪并失语，进入一个孤寂的无声世界。他渴望自立，试图通过学习唇语来读懂人们的交谈与心思，当他发现自己的自立建立在别人的消遣与施舍之上时，维系他自诩文化人的最后一根稻草被一个孤寡老人无情折断。

你一定没有留意到我。

我从不与人高声交谈，也没人跟我交谈。我谈不了，更不想用比画来与人沟通。

我能做的，只是静静地站在光复路口的某个僻静处，看环岛上的交警打着手语。那些车辆无一不服从指挥，有序地通行在十字路口。

所有的事物都在静默里移动着，行人、车辆、交警的手……只有我孤独地站着。我知道他们的世界里有行人的私语，车辆的笛鸣，自行车那一声声清脆的丁零，连风吹过，路旁的树叶也会发出颤抖的簌簌声。但这些响动于我而言，恍若记忆里的无声电影，苍白而寂寥。

我很想成为那个站在环岛上的人，用我的手语指挥那些移动着的事物。但我得等待,等待环岛上的那个人离去。

夜幕降临之时,是交警离了环岛的时候。我想我该出场了,上到环岛上去,打我的手语。我的等待是那么漫长,因此,我不会轻易离开环岛,除非我知道离交警上班的时间快到了。

我两只手交替地打着手语,似乎再一次站在了大院子里的大礼堂上,让那些刚从田里拔出腿来的村干部,听命于我的安排。他们从来不会违拗我的意思,有序地落座,然后和我一起等待镇长的到来。

累了的时候,我也会偶尔蜷缩在环岛上对付一宿。黑暗包裹着我,只有星星不时地偷窥着我的心迹。

在我精神抖擞时,我会像一位狂热的指挥家,挥动着我的手。也许是我不太注意节律,过往的车辆大都对我的手语置之不理。我想,他们大概是看出了我的心思,因此,不予理会。但偶然,也有那么一两辆车,像是明显被我惊着了,有踩刹车的,也有急打方向的。等他们明白过来,大都会把头伸出车窗外,表现出激动的神情。他们的嘴唇剧烈地翻动着,应该是喷着不文明的词汇,但于我而言,一切无效。

我的世界是安静的。所有的动,都不能吵到我。我最后听到的是那一晚的雨。人与车都在躲着雨,唯独我一人在环岛上迎接着一场透雨洗濯。我反复问自己,为什么离开的偏偏是我?我年轻,公文起草又烂熟于胸,是业务标兵,即便如此,我还是上了离开的名单。就因为我没有背景?!

从此以后,我就不再是大院子里一个体面的文书了!再没有人叫我一声"沈文书"。出了大院子,四顾茫然,我能去干些什么？我不清楚。

我发烧了，就在当天晚上。第二天雨停的时候，世界安静了下来，所有的嘈杂都随着一场雨的消遁而收敛。

那一晚的雨就此成了我所能听到的最后的响动。可是，就算我能听到身边所有的响动，那时的我正处于一片混沌之中，与静默又有什么区别？

我在静默里游荡了若干年，心里一直很乱。在来到乔城时，看着纷繁的市景，我忽然告诉自己，是时候静下心来想一想我的将来了。我应当会有将来。

我知道听不到别人说的，也说不了我心里想的。因此，我得先从弄清楚别人的心思开始。他们不停开合的嘴唇绝不是鱼儿露出水面的呼吸，他们在交谈，在呼喊，甚至是吵嘴。等我弄清楚了他们嘴唇开合时所表达的意思，我才有恰当的应对。

我不能比画着跟人交流，那样太夸张了些。我干过大院子里的文书，不能忘了自己是个体面人。如果我要领会别人的意思，我应该从学习唇读开始。好在，我不是先天失语，我先前是个会说话的人，懂得说话时的口型，要学会唇读应该不是一件难事。

我开始站在光复路口，一大清早就站着，远远地阅读行人的唇语。无数张嘴唇在翕动，我实在看不过来，脑子开始混乱起来。我意识到不能看那么多，那样不利于我的阅读。

如果只是留意从身边走过的三两行人，会更现实些。我算是理清了思路。

一个老汉站在路口张望着，我想他应该是在等什么人。我悄悄地走近，在离他不远的阴凉处站定。我不能靠得太近，那样未免突兀了些。

过了一会儿，一位穿白衣的年轻女子从光复路西边走来，远远地向他打着招呼。等走近时，我根据这女子的口型，判断出她在叫"伯伯"。她搀扶起老汉，很是热情，看样子是叔侄俩无疑。在路过我身边时，那女子又动了几下嘴唇，我看得很清楚。那应该是一句"大家都在等你了"的关切话语，她的神情是那么的温馨，让旁观的我也频生向往。

是走亲吗？应该是吧。

那女子有一张翘翘的薄唇，翕合的样子很好看。我想她的声音也一定很甜，把她伯伯等待时的一脸焦急瞬间化解。不过，我并不自信我的阅读，那毕竟是我第一次想到了读唇后的实践。因此，我很想印证一下我的判断，于是悄悄地跟在了他们的后面。

他们拐入了一条小街，我知道那条街叫朝辉路，路两旁开着不少商店。在一家店面口前，他们停了下来，里面一下子走出来几个同样年轻同样热情的女子，她们的上下嘴唇不停地触碰着，不停地叫着"伯伯"。我心里狐疑起来，这个老汉怎么会有这么多的侄女，难道先前的那个女子所说的"大家"是指这几位与她一样年轻的侄女？好奇心驱动着我的双脚，移步前往，想看个究竟。

我伸头一探，就发现不对劲。那里面坐满了二三十位老人，而在老人们的对面，一个穿白衣的年轻女子对着墙上的一张宣传画在做亢奋的讲解。

不用再看，这是一场保健品推荐会。

我扭头便走，不想做更多的停留。我想我还是回到光复路口

去吧，那样能看到更多的唇语，我一定能在光复路口阅读到一些
乔城的新鲜事儿。

我再次站在了光复路口，看街上忙碌的行人穿梭而过，他们
大多不作声，默默地赶路，但也有三两成群漫不经心的，像是在
逛街。一些年轻的女子说笑着，时不时引来一些男子的目光。临
近午时，我发现几个老人从远处走来，手中齐齐地拎着一盒保健
品，包装很鲜亮。他们在走到光复路口时，被分成几个去处，各
自踏上了回程。

一位老汉在路过我身边时回头看了我几眼，我一下子搜索起
来，记起了他，正是早上被那个白衣女子接走的"伯伯"。他的
动作有点迟钝，让我有足够的时间去看清楚他的面部。这一看，
让我坚信能够在下一次遇上时认出他来。他的脸臃肿得像一个老
妇人，毫无特别之处。所不同的是，他长长的眉毛做出了分道扬
镳的选择，左眉毛一改常态，呈上翻态势，这让我一下子记住了
这张脸。他侧着身子，朝我斜斜地看了几眼，似乎想表达些什
么。但他最终没有翻动他的嘴唇，只是缓缓转身，蹒跚地离去。
这让我有点失落，我是期待他厚厚的嘴唇做出开合的，那样我正
好可以阅读到他的心思。

我再次遇到翻眉老汉是在半个月之后。这一次我只在僻静处
远远地望着，望着他被那个翘唇的女孩接走，回来时又拎了一盒
保健品。我觉得有必要跟他说说保健品的事，于是迎了上去。当
我张口之时，我才意识到我的无能为力。我先前的巧舌如簧早已
被那场雨夺走。我看着老汉从我身边过去心尤不甘，紧走了几
步想要追上他。他突然停了下来，回过身来对我动了动嘴唇。

"跟着我。"对了，从唇型上判断，应该是这三个字。他叫我跟着他，应该是有事要请我出力，譬如扛米袋子，扛煤气罐，这些重活对于老人来说，都成了大问题，我想我应该帮这个忙的。

他的家在朝阳新村的一楼，我一直跟着他进了门。屋子里摆放着一些陈旧的家具，一些更小的事物在略显阴暗的光线里隐匿着，不露声色。从里面并没有迎出另外一个人来，昭示着老人独居的孤寂。我杵在了客厅里，等待着老人发话。他看上去有点气急，可能是走了较长的一段路后，体力跟不上。他把盒子放在了桌上，坐了下来，喘了一会儿，问我：

"你为什么跟着我？"

他说这话的时候带了些愠色，让我摸不清他的意思。我挠了挠头，本想辩解，不是你让我跟着的吗？但我说不了，着急得直搓手。我第一次比画起来，好在并非是大庭广众之下。那老人看出了我的状况，愠色稍退了些。

"你为什么跟踪我？"

这一次他说得很慢，为了让我看得懂，他的嘴型略显夸张，每吐一字都会做短暂的停顿。我猛然醒悟，原来在光复路口，他说的那三个字是"跟踪我"。他那样说，分明是在质问，把我的热心误解成了不怀好意。情急之下，我指了指桌上的那盒保健品，然后又是摇头又是摆手，传递着我的意思。

老汉脸色缓和了些，头也慢慢地低了下去。他摇了摇头，应该还伴着一声叹息。

"我何尝不知这是一场场的骗局，但我甘愿，就冲那一声'伯伯'，还有热情。儿子连个电话都没，我买回这些口服液，就当喝下的是晚辈的关爱。"

他一字一句地说完，为了能使我听懂，尽量交代清楚每个字的发音，就像是一个背诵课文的学生。

我不想在昏暗里滞留太久，打算转身离去。既然是甘愿，我的劝说就显得毫无必要。刚一侧身，老汉的嘴唇又动了起来。我回过身来，表露出疑问的神色，想要让他重复刚才的话语。他终于领会了我的意思，说：

"你是不是我儿子派来的？"

我觉得这话很好笑，他为什么会这么想？难道他儿子是个大人物？

我又摇起了头。我这一摇头有两层意思：一是我不是谁派来的；二是我也不认识他儿子。他有点将信将疑，硬是从案头取来了一张七寸照，塞到我手里。照片上是一个五十多岁的男子，与老汉有着三分相像，他用手指了指，说："这是我儿子，在大院子里当局长。"

我惊讶地发现，我居然认识他儿子。这个照片上的人，正是当年决定我离开大院子的人。只不过，当了局长的他，应该换成了更大的院子，坐上了更宽大的位置。

我的手开始颤抖了起来。一次偶然，居然让我在多年以后又见到了我的老领导屠镇。老实说，我不想再见到这个人。我现在的落魄，不都是因他而起？

现在，我理解老汉刚才的话了。他当局长的儿子是可以指派人来关照他的，无论是慰问，还是监护。但是，我不是。早知道他是屠镇的爹，我才懒得走这一趟呢！我不想再在老汉家多待一分钟，这次是决绝地离去。

为什么要让我遇上这个老汉，撩起了我尘封多年的隐痛？这一天，我真倒霉。不管老汉在后面说些什么，我已经无意去解读，头也不回地离开了这间昏暗的孤寂的房间。我离开了朝阳新村，又巡行来到了光复路口。

天灰暗了下来。环岛上的交警没有了昨日的精神，他的制服洗褪了色，目光呆滞。车辆无精打采地穿行在十字路口，司机打着哈欠，如若抽检，昨夜的酒精应该还在做流淌的告白。

我感觉交警在挨时间，他巴不得早点下班。他只是一味地打着手语，从不需要翻动他的嘴唇让我去解读。我感到了他的悲哀，明明长着一张会说话的嘴，一旦站上了环岛，他就变成了如我这般的不能说话。我斜睨着，发现他的身型有点发福，挂着一只硕大的啤酒肚。我把目光往上移，落在了他那张帽檐下的大脸上，一下子怔在了那里。我认识这张脸，也熟悉这个啤酒肚，他不是把我扫地出门的屠镇吗？这次，终于让我撞见了！老实说，自从把我从大院子里赶走后，我一直想找理论的机会。我是不会再进大院子里去理论的，既然已不再是大院子里的人，就羞于进门。但是，我得找人论理去呀，我一直在寻找这样的机会。

你终于出了院子了，难道是来体验交警的一天？对了，你老子说你到了更大的院子当了局长，莫非是警局？

我知道我不是车辆，也不再是大院子里的人，故而，今天我大可不必理睬你的手语。我今天得好好与你理论一番，为什么精简的非得是我？

我径直地走向了环岛，不理睬此起彼伏的喇叭声，那些呼啸而过的车辆见着我就躲闪，至于伸出车窗的谩骂，我无暇去解读。

我扭住了屠镇，想要诉说这些年郁积的怨气，向他当面讨个说法。我的嘴唇不停地翻动着，那些话都是我想了很久的，根本不需要多加斟酌，像一盆盆水倾覆而下，毫无障碍。然而，可恶的是，屠镇竟然装作不认得我，一脸的疑惑。而且，还庄重起他的脸来，不时地向我发着警告。

对于我的责问，他居然不做回答。只是一味地用手发着指令，叫我离开。我气愤难当，这个大肚鬼，居然在我出了院子多年后还幻想着听他的指派！他竟然忘了，我与他的侍从关系自从他把我扫地出门的那一刻起早已了结。他凭什么指挥我？我偏不走！

我拽紧了他的前胸，昂起了一颗卑微的头颅，第一次勇敢地与屠镇双目对视着。我庆幸自己，终于可以不在他面前唯唯诺诺了，何况，他至今还欠我一个说法。在我的坚持下，他一下子失了庄重，展露了一副色厉内荏的蔫样。我乐于看到他的萎靡，我一直猜想，在他把我写上精简名单之前一定是得了谁的好处，使他丧失了最起码的辨识力。我想，如果我再坚持一下，他会把那些隐藏了多年的秘密告诉我，算是对我的致谦。我要让那些不可告人的事物暴晒在光复路上，在十字路口的环岛上翻晒那些见不得人的丑陋，接受行人的指责与唾弃。

屠镇的脸掠过一丝熟悉的浅笑。我清楚这种笑，发生在得意之时，捎带着蔑视。我察觉到情况有变，这不是个好兆头。

一种挤压感在逐渐加重。呼吸声粗重得抵近了我的耳廓，我打了一个寒战，发觉情况不妙。不知何时起，四周围已经挤满了人，围成一个厚重的圈子，一张张密集的人脸挂着愤怒紧盯着我的脸，他们的嘴唇反复翻动着同一个词语：滚蛋！

我妨碍了谁？竟连方寸之地的环岛都难以羁留！

一只手搭在了我的肩头。我回身看时，挨近我的，是一张臃肿的脸，一副背离了方向的长眉。我晃了晃脑袋，发现自己还是站在光复路口，那个交警仍然在灰暗里无精打采地打着手语，我并没有与他引起冲突，所有的围观也只剩下了一个老汉的旁立。所有的车辆，在那件洗褪了色的警服的指令下，有序地通过。所有的鲜亮，在通过光复路口时变成了灰暗。

我侧身问："你找我干吗？"

老汉并没有翻动双唇，只是把手中的物什向前举了举。我想，他应该是看出了我的状况，明明说不得，却偏要与他用嘴交流，这不是自己找罪受吗？他把手中的物什铺展开来，楚河汉界，兵炮车马相士将，两军对垒，静待一场厮杀。我算是明白了，老汉是找我消遣来了。我被他儿子消遣过，现在，轮到老子来消遣我了，没那么容易。可是老汉显得很执着，他搬来了几块断砖，示意我坐下。可我有了别的打算，要知道我可不是个闲人，我在干一件别人轻易干不了的事——唇读。如果要我坐下来，得与他讲明条件，否则白白地赔上了时间。我先是伸出右手，竖起五个指头。然后，又伸出左手，竖起一个指头。老汉领会了我的意思，复述了一遍：每次下五盘，每盘输方给赢方十元。我点了点头，他也点头表示接受。我们不再瞎扯，很快地进入了棋局。今天的战绩还算可以，一连下了五盘，三胜两负，我得了十元。这是我这几年来第一次有了收入，一份干净的收入。之前，我必须花一定的时间去捡些废品，我的目标往往是小区的垃圾桶，忍着腐臭，把倒腾来的废品换钱度日。十元钱可供我吃上一天的包子，如果一直可以在光复路口下棋，那么，我可以再也不用捡废品了。我是个大院子里的文书，本就不应该干那些邋遢事。

我与老汉的楚汉之争已经持续了十天，我算是看出问题来了，这老汉果真在消遣我。我每天的战绩始终是三胜两负，落入口袋的始终是一张十元。我们的战绩被他牢牢地控制着，我想多赢一盘棋也是不可能。这么说来，他输我的两盘棋很有可能是故意的，他本可以打得我一败涂地。他真的是在消遣我，只是为了不想一个人待在那间昏暗的小套房里。光复路口的光明自然是了无遮蔽的，就算是嘈杂的人声，也胜过了他小套房里死一般的孤寂。我想，这便是老汉的目的所在。

可是我吃腻了包子，虽说只十天的工夫。我渴望吃到中式快餐，哪怕是全素，白米饭加菜叶，嚼在嘴里的感觉也好过包子的单调乏味。不过，我心里清楚，就算是只吃一顿快餐，至少要赢到二十元。如果我多赢下一盘棋，就成了四胜一负，老汉得掏给我三十元。我猜想他会不乐意，只是，他也应该感受到我的不乐意。是的，我要让老汉感觉到我的不乐意。由于心中掩藏了需求，我明显地表示出对五盘棋的兴趣索然。我知道一旦我失去了积极性，老汉也就体味不到我下棋的专注，楚汉之争的对抗性就大大下降。这么说来，我与老汉的心境早已捆绑在了一起。

他应该已经觉察到了我的态度了吧。如果，他要追求一种对抗的过程，唯有改变现状，谁让他把消遣的对象选择了我呢。第十　天头上，在下棋之前，老汉给我打了个手势，他先是伸出右手，张开了五个手指。接着，又伸出左手，伸直了两个手指。我心里暗骂了一句，这个老猴精！就不能让我赢三十？但事实上，我赢下二十的愿望就此达成。每天三顿饭，我终于可以吃上一顿素食的中式快餐了。至于荤腥，我只能暂时嚼一嚼炒菜中的肉末。为了证明我口中有肉，我会让肉末残留在齿缝里，不轻易剔牙，也基本上不刷牙。

乔南快餐店干净得很，出入店门的都是些衣着整洁的男女。他们从不拒绝一个前来消费的顾客，哪怕如我这般衣着褪色的人。我从不赊账，事实是店里也不让赊账。但在点菜的时候，我还是花了一番心思的。我只点两个素的，大都是蔬菜。但我不会快速通过荤菜柜前，虽然我点不了鱼肉，我也得把各式荤菜看在眼里。我得先期了解乔南快餐店的菜系，指不定哪天我能吃得上了，必点那几道最想尝鲜的荤菜来解馋。我不想由于点菜时的犹豫，而浪费了品尝的时间。

最近，乔南快餐店开辟了一道新菜——红烧狮子头，硕大如孩儿的小拳头，撒着葱花，让我驻足不前。后面的食客敲起了托盘，他们用响动在抗议我的行为，迟滞了队伍的前行。但他们不知道，他们晃动托盘的举动打断了我对美食的意念尝鲜。我咽下了口水，回头狠狠地瞪了那些人一眼。很快地，这些人安静了下来，他们应该认识到了惹我的后果。光脚的不怕穿鞋的，我一个邋遢的穷汉是那么好惹的吗？你撕碎了我的衣服，只能看到一具同样乏味的邋遢皮囊。一旦让我撕了你的衣服，恐怕暴露的是不可告人。

我很少剪发，索性在脑后扎了一个马尾。有时候干脆让头发披散开来，懒得去管。什么郭风、老浪、柳欢，都是学我的风格，可他们又没有我的脖子长，哪里有我这般风骨！但是我实在受不了收银员的鄙夷，她早嫌弃我了，每次都只点两个蔬菜，而米饭却要添两次。我要消除她对我的看法，唯有从老屠那里下手。然而，老屠的棋艺高得摸不到边。我怀疑这老汉年轻时是个专业棋手。但老屠必须认清形势，我是他唯一的对手，他必须考虑到我的诉求。

老屠没有等来他所期待的精彩对抗。我故意把关注点落在了棋盘之外。至于我惯用的连环马、叠叠炮、过河兵，都懒得施展。最近，我留意上了过往车辆的个性化车牌，加一个字母，就能任意搭配吉利的数字，我打心眼里佩服始作俑者，简直太有创意了。我觉察到了老屠的不快，他知道我听不见，故而满嘴喷着邋遢的骂辞。这个老鳖，他居然爱上了玩自欺欺人的游戏，真让我瞧不起。我斜斜地白了他一眼，心说，你为什么不退回自己的鳖窝里去，非要来此消遣我？

但我知道，老屠的鳖窝里阴暗得很，冷得发怵。老屠进了鳖窝，还跟谁下棋去？就算是要喷些脏词也缺少了对象。他总不能把那个翘唇的侄女领到鳖窝里去吧，那样可摊上事了，好说不好听啊。

阳光是那么骄艳，路过的女人也是那么娇媚，像花儿一样争奇斗艳。我正与老屠对弈，风从身后送过来一阵香水味，我知道有一个女子正在靠近。我喜欢猎艳，但懂得不露声色，毕竟，我是个大院子里文书，凡事都要讲究含蓄。可是，老屠的表情让我觉察到来者的不同。我看到老屠的嘴唇在翻动，想必是与女子交上了话。在我仰头之际，那女子也刚好走近了我们的棋摊。我看到了那两片熟悉的翘唇，一声声伯伯在吐露着温馨。但老屠指了指我们的棋局，表达着不去听讲座的缘由。在参加一场场的保健品讲座与五盘棋之间，老屠选择了后者。我觉得老屠的选择是一种觉醒，他早该从讲座的亢奋里逃离，或者，从自欺欺人的温馨里跳脱，像个斗士地从棋局上找回昔日的勇武。那女子见老屠真把心思花在了棋局上，脸上隐约地掠过一丝不快，她瞪了我一眼，似乎迁怒于我，但很快地平复了心情，做出了另一番举动。

她挨近了我，俯下身来，把那两片翘唇抵近了我的耳廓。我想，此时她那调皮的翘唇一定在说着什么，是劝说我不要与老屠下棋吗？是在哀求我照顾一下她的生意吗？可惜，她不知道我听不到这个世界所有的动静。只是，她的呵气进了我的脖领，钻入了我的鼻孔，乱了我的心神，我捏着棋子的手僵在了那里，半天也缓不过神来。

我读到了老屠的唇语，他的催促，慌乱中将一枚马走了田字格。

没见过女人吗？老屠翻了白眼，让我羞愧难当。我甩了甩一头长发，赶走了女子的魅惑。而那女子一脸的尴尬，快快地离开了一盘街头棋局。我想，她应该不会再找老屠了，老屠选择了我是他的明智。我为老屠的明智强打起精神来，与他杀得风生水起。今天，我是倾尽了我的棋艺，逼得老屠试出了几招保留的杀招。自然，结果是不会改变的，但曲终人散之际，老屠绽放了一脸的满足，而我则把所得的二十元塞入了口袋。

一股惆怅袭上心来。花去十四元的中餐，我还是没改变早晚两顿的包子垫饥。我想起了大院子食堂里的红烧肉，上好的五花肉散发着酱香，放了去腥的黄酒，小葱新鲜到能辣出眼泪来。我是屠镇的文书，院子里的人见了面都会尊我一声"沈文书"。

最近，我不太愿意在荤菜柜前多作停留，我觉得那些鱼肉都在嘲弄我，它们越鲜香，我的喉头抽动得越厉害，这应该不是件体面的事。于是，我选择了快速通过，早早地站在素食柜前，我习惯了扁豆与豇豆经受热油洗礼后豆荚的绿意，青菜披起了油衣，切片的素鸡软糯了肌里，还有免费供应的红豆黑米粥，细细品味，别有滋味。二十就二十吧，总好过了去俯拾垃圾，一身的气味，打了肥皂也擦不净旁人的嫌弃。

一旦我平静了内心，我就把心思放在了下棋上。我站在光复路口，远远地望着朝阳新村，等待老屠蹒跚的身影从拐弯处出现。

我感觉自从失语后，视力却有所提高。我能远远地看到老屠一脸的笑意，一路走来，心无旁骛，似乎有什么开心的事要对我诉说。

我们坐了下来，铺开了棋局，延续猜红先行的老规矩。我猜中了红棋，正要挺兵，老屠却伸出了右手，竖着五指，接着又伸出了左手，竖着四指。这一番动作出乎我的预料，当即把我愣住。我有一种被老板涨工资的感觉，五局三胜是老屠控制的胜率，而单局四十的价码整整让我的收获增长了一倍。3、14、23，这三个数字被迅速地召唤了出来，我一下子实现了一顿荤菜的愿望。我知道老屠要胜两局棋是不成问题的，但我感觉我胜的三局有必要提高一下含金量了，我得对得起老屠的酬金。

　　这几天老屠的心情总是写在脸上的，我猜想他的棋瘾得到了一定的满足。自然，这有赖于我的死磕。事实上，我在乔南快餐店用餐完毕后的满足也表露无遗。我用纸巾擦完了油腻腻的嘴，在轻轻地拍打几下圆鼓鼓的肚子后，才缓缓起身。离开餐厅之前，我会环顾一周，看一看那些红男绿女的嬉笑或愁容，感觉此刻的他们，心情约略与我相同。

　　我与老屠的街棋搏杀越来越受人关注，那些人总是把我俩围成了圈，放肆地叫好。他们可不管观棋不语的那一套，而事实上那些喧哗也无关乎我与老屠的胜负。他们给我支的招，我一概听不到；而老屠的棋艺又着实不需要那些人指点。观棋的与下棋的各得其乐，打发着无聊的时光，在五番鏖战后各自散去。

　　这样的境况持续了一段时间，却引来了一人的不满。

　　其实，我对他的不满早有觉察。每当我与老屠铺开了棋摊，他便在环岛上冷冷地看。有几次他想冲过来，但终因岗位需要不得脱身。我猜测，这个老屠的儿子一定是觉得我们的棋摊妨碍了路口的交通，或者有碍市容。自然，他是认不出我来的。他绝对不会想到，一个与他老子天天对弈的长发哥，竟是他当年大笔一挥扫地出门的文书。他更不会料想，一双怨恨的目光隐在披散的长发后面，在每一声落子之后投向环岛上颐指气使的他。如果我的目光可以化作匕首，我一定投向他那灌满脂膏的肚囊。

　　他终于忍不住了，像个大肚鬼一样地晃悠着过来了。他是要掀翻我们的棋摊吗？如果那样，我一定要给他好看！他径直朝着我过来了，如果要找麻烦，他当然不会去惹他老子。他的肚子着实比先前的大，连走路都带着一阵阵的喘气声。如此看来，他真的不应该长期坐在他的局长办公室了，出勤是他明智的选择。他选择了环岛，长期站立，转动身躯，自然可以消耗脂肪，抖落累积肚囊的肥膘。再走上三步，他就会与我正面相遇，而且至多相距一臂的间隔。我感受到了一股熟悉的压迫感，但这一次我可以不必卑怯。我悄悄地握紧了拳头，酝酿起自己的不屈。他忽然一个左转，走到了老屠的身旁。他所有的话都是背朝着我，使我无法辨析他的意思。但只见老屠在不停地点头，表示着听从。我真想臭骂老屠一顿，老了老子竟然成了孙子。

老屠回去了，连最后一盘棋都没下完，便撤了棋摊。我们先前的四局才打成平手，他这一走，便无须支付我四十元的棋资。

老屠走了。你走得也太过草率了吧！你这么一走，岂不是让我白白被你折腾了四局棋的工夫？你一拍屁股走得那么干脆，把我的一日三餐也给拍没影了！

事实上，我又回到了一日三顿包子的境况。整个晚上，我都在想一个问题：老屠明天还会来吗？

如果遇上雨天，我与老屠会移摊到路东的乔南药房，在屋檐下铺摊对弈。

上午，我在药房的屋檐下早早地候着，等待老屠的到来。天下着小雨，光复路口的行人明显少了些。没有棋下的我居然感到少有的无趣，像一只淋了雨的鸡躲避在邻居的屋檐之下，浑身不自在。行人与车辆匆匆赶路，唯有环岛上的屠镇还在雨中指挥交通。他躲在一把硕大的伞下，对一场大雨表现出了淡定。而我在屋檐下却显得狼狈不堪，仿佛躲不过所有的雨水。我的腕上没有手表，我也没有手机，我的时钟便是肚中发出的咕噜声。当咕噜

响起时，我便知道到了饭点。在见到老屠蹒跚的身影前，我不想
听到咕噜声。我与一种声响展开了对抗，稍有预兆，我便会用手
摁住我的肚皮，仿佛在平息一场场暴动。

雨越下越大，路上已少有行人，连过往的车辆也在赶往饭菜
鲜香的方向。

当我的双手酸软无力时，我体内的暴动高涨到了极点。我自
认不是一个好主子，居然连发生在眼皮下的暴动也无法平息。我
的妙笔，我的善辩，竟然一无用处，在我离开了大院子之后。我
居然依赖起了一个老人的让棋，来平息我体内的暴动。我该走向
朝阳新村那间阴冷的小屋，去乞求一个老人的消遣，还是冲向环
岛，找那个躲在大伞下从容打着手语的屠镇理论？

沈文书，吃饭去。

我听到了有人在喊我，但分不清是谁的声音。我不能让人家
久等，便急急地走入了雨中张望，搜寻着声音发出的方向。

影院门口的大屏幕展播的花絮片，建材店午夜时分的装卸声，飞车爱好者深夜拉起的一阵阵马达轰鸣，路两旁的泊车在受到各种震动后发出此起彼伏的防盗汽笛声，光复路处于各种声音的轰炸之中，一排排共享单车在倾倒。至天明时分，一种滑轮车的咕噜声响起，一个失去双腿的人坐在滑轮车上，费力地扶起那一辆辆倾倒的共享单车。小说旨在剖析都市生活中生存空间被包括街头赛车文化在内的各种声音暴力肆意破坏，一个肢体残缺者却诠释了对秩序的维护，疗救着公德之殇。小说通过两名飞车爱好者与建材店店主的矛盾展开，直至发生冲突。

炸街

我决定租住在光复路上的锦园小区。

打动我的是街口的越兰影院。今天，影院门口的电子阔屏上，正上演着《速度与激情8》的花絮片，我看到了偶像——范·迪塞尔。那一身犍子肌，鼓动着无限的力量。对了，从今晚起，请叫我多米尼克。当然，你也可以叫我多哥，那样你会觉得容易记些。

我选在了锦园小区临街的一处五楼套间租住。从窗口望过去，可以眺望越兰影院的巨幅电子屏。无聊的时候，可以观望免费的电影花絮，不用去影院楼下仰着脖子看。更为意外的是，这里的房租居然比别处低不少，让我总觉得有占了房东便宜的感觉。

我正在窗口张望的时候，一个火云头凑了过来，一照面，如同照镜子看到了自己。他叫罗曼，我的老铁。自然，他的真名不叫罗曼，罗曼·皮尔斯是《速度与激情 8》中多米尼克的铁哥们。
我叫他罗曼，他自然应该叫我多米尼克。这多哥罗弟的事，没得
商量。我俩都设计了一个风火流星的发型，不同的是，我染成了
玫红，他染成了皮红。

　　显然，红色是我俩共同的爱好。而染成火云头，是为了追求
一种燃烧的动感。如果我俩行进在飞行的途中，你一定会看到两
团燃烧的火飞快地掠过乔城的大街小巷。我的耳边应该能听到
尖叫，此起彼伏，就在路的两旁。我已习惯了这种尖叫，那种时
刻，我觉得自己便是多米尼克，而我的老铁杨洋便是罗曼附身。

　　然而，并非所有人都会表现出热烈。对我与杨洋的火云头，
有一个人便表露出不屑。尽管，他的目光也会落在我的头上，但
那是一种斜睨的姿态。他在我走近之前，嘴唇里总是喋喋不休地
喷着些什么。但在我走到他面前时，又表露出出奇的沉寂，只用
目光恶毒地死盯着我那头上盛开的火焰。在我离开时，我分明地
觉察到他又恢复起那一副喋喋不休的死相。他便是小区门口刚辉
建材门市部的老板刚辉。同样沉默的还有小区门口的一个鞋匠。
他是一个失去了双腿的残疾人，整天坐在一块装了滑轮的板上，
专注于他的活计。只是，在我与杨洋走过他身前时，无论怎么专
注，他都会抬起头来。他的目光同样落在了我们的头上，也是同
样出奇的沉寂。不同的是，在我靠近他之前，与离开他之后，他
都是一贯地沉寂。我知道，鞋匠是把我们当作了一道掠过街面的
风景，而他是那个看风景的人。

　　我并不在意成为鞋匠的风景。这街上能动的或动不了的，本
就是各自看客里的风景。就算是刚辉双目流露的恶毒，我也不会

在意。我是个不记仇的人，人为什么不能活得洒脱些？我记得那个唱饶舌的万尼达说过一句话：别人总把我当作坏孩子，而我要用事实证明他们错了。

光复路的各种灯光最先完成了对日落的交接。街头涌动的人潮向着各自的家赶，大约一个多小时后，又一个个不紧不慢地从各自的家中溜出，有的手中还牵了一条四条腿的宠物。最晃眼的灯光来自越兰影院的大屏幕，随着剧情的推进做声与光的转换。我靠在窗台，观看着一场场免费的花絮片上演，用目光审视着剪辑者的精致，享受着租住锦园小区的生活圈福利，在颔首低眉里庆幸自己的选择。我记得有一本书上写一位南方的作家去东北旅行，在路边花了很少的钱，买了一大堆黑皮西瓜，大有占了便宜的感觉，居然不要了斯文，蹲下来就啃。我不是个斯文人，占便宜的事少了顾忌。越兰影院的大片自午后到晚上在日复一日地上演，但在晚上十时后，所有的剧目会集体谢幕，门口墙幕上的声光也会悄然退去，光复路交给了夜幕里应有的安静。这个时候，我会远离窗台，脊背与床榻的距离渐次拉近，终于，支撑了我一天的躯体不出意外地往后倒下。江山辽阔，所需不过一榻之际。在我睡着之前，我一次次地做着这样的感叹。

今天是我居住锦园小区的第三天，我睡在一张实木高低床上，努力地清除着越兰影院一场《速度与激情8》的狂飙印记，而睡在另一个居室的杨洋无疑也在做着同样的事。与我不同的是，除了热爱飞车，杨洋还喜好饶舌。在我们两个人的时候，他总以说唱的方式与我交谈："哦耶，耶，我说，多米尼克，哦耶！我们驾车，哦耶！飞行在街上，哦耶，耶！让两朵火云，哦耶！燃烧，哦耶！我们的青春！耶，哦耶！"就这样，或者说，每一个晚上大抵如此，我的耳边交替着马达的轰鸣与杨洋的说唱，渐远渐弱，渐弱渐远，最后，归于安静。

当我睡着的时候，自然是不需要轰鸣的，甚至不需要任何响动。城市的居室没了家鼠蹿行楼板的轻微脚步，也没有蟑螂扯动保鲜膜的窸窣，唯有光复路上的穿堂风轻摇着锦园小区日渐松动的窗户，两扇窗之间偶尔发出轻微的磕碰声。二十分钟后，我便进入了安睡的姿态。我一般不打呼噜，只有在疲惫的时候才会。今夜，光复路安静得没有呼噜。

一种货车倒车的声音把我从睡梦里吵醒。我知道白天的光复路是没有货车的踪迹的，乔城的二环以内禁止货车驶入。那么，这一定是某个商家的送货车趁着夜间潜入到光复上卸货。这些讨厌的商家！我实在懒得去理会，下意识地把被子往上一拎，捂住了耳朵，想要努力地睡去。然而，一声声高亢的喊叫从楼下传来，响彻光复路的夜空：

好，好。

我分辨着这喊声，想到了一张喋喋不休的脸。此刻，他应该穿着那件洗褪了色的牛仔工作服，正在招呼着司机倒车。接着，那倒完车的货车戛然熄火，而原先那一声声令人厌恶的发动机的轰鸣，倏忽之间被光复路上的穿堂风抽走。夜有了短暂的安宁。我祈祷着接下来的卸货声能温和些，期望司机与商家能意识到这一切发生在深夜，路两旁是安睡的居民，那一幢幢公寓楼里休息的是第二天凌晨各奔东西的学生与上班族。

哐当当！一声货车栏板放下的砸响声突如其来，砸碎了无数个被窝里的祈愿，也清除了我残存的睡意。几辆泊在路边的轿车应声警觉地拉响了防盗铃，而主人无意去分辨这睡意外的召唤。我觉得似乎可以去一趟卫生间了，趁现在醒着，省得下一次睡去后梦中被尿憋醒。

哐当当！哐当当！哐当当！

还未等我坚定起释放的意愿，我的脊背被一阵阵硬物砸响地面的震动一次次抛离床榻。我想到了楼下的场景：一捆捆塑钢材料从货车上抛下，死死地砸在光复路的街面。光复路在夜幕里一次次地颤抖，那黑压压地泊在街两边的轿车蹦跳着，和着此起彼伏的防盗铃声。

不让睡是吧！好吧！我翻身坐起，冲向卫生间，释放一团带着怨愤的臊气。一个寒战过后，我便欲抽身离去，迎面遇上了杨洋。杨洋晃动着火云头与我在卫生间门口侧身相遇，双目交互，我搜索到他目光中喷薄欲出的怨愤，但我们都没有吭声，默默地忍受着楼下那肆虐的轰鸣。

清晨起来的时候，我发觉镜子里的自己有了些微的变化，前额上方发际以内的两寸处，玫红之间多了一小撮灰白。天哪，我这不是一夜白头了吗？

该死的刚辉！

这么一来，我无须再回避刚辉的眼神。当我再一次路过建材店时，那一束恶毒的目光被我怒目瞪了回去。我的心头瞬间升腾起一种快感，我是"流氓"我怕谁？这句话很快地跳了出来，最后以饶舌的方式远远地递了过去。我明显感到刚辉的胆怯，在我离去的时候，背后再无喋喋不休的聒噪。

刚辉的嘴安静了下来，只顾低头专注于他的活计。一种尖锐的声响从他操作的机器里传出，叽叽呜呜，连绵不断，让人濒临崩溃。这是一台让铝合金材料变形的机器，以适合不同弯度的工程材料所需。有时候，我与杨洋会面朝着建材店站定，直勾勾地盯着。这样的举动明显让刚辉感到不适，很多时候，他会以专注手上的活计的方式来逃避我俩的挑衅。

他应该清楚，他被人盯上了。

我在焦虑里预测着下一次的半夜惊魂。因为，我清楚那是无可逃避的。现在，我开始后悔选择了在光复路上的锦园小区租住，后悔那么爽快地答应房东一次性付清一年的房租。一车塑钢材料是刚辉建材门市部一个周期的销量，这一个周期有多长？

答案很快有了。

这一夜，越兰影院的大屏幕上换成了《湄公河行动》的花絮，我与杨洋在窗台上为自己的偶像居然争论了半晚，互不让步。这一次，我终于发现两颗火云头下视角的不同。杨洋喜欢上了彭于晏的帅气，而我则欣赏张涵予的血性与力量。彭于晏有什么好的！他可以有众多的女粉丝，但我绝不认同一个男人去追慕他，何况这个男人是我的罗弟！而杨洋则认为张涵予一脸的胡子拉碴，尤其是那一对被眼白占领了的眼球，让人浑身不舒服。我们由窗台争执到客厅，把争辩的方式换成了饶舌，最后都累得各自回房，让床榻来安抚疲惫。我听到了杨洋的呼噜声，但我不能确认今晚自己是否也会拉响同样的呼噜声。光复路的夜被穿堂而过的晚风拉向纵深，路灯是最安稳的倾听者。

哐当当！

我被货车栏板放下时的巨响砸醒，意识到光复路又将迎来一个不安的夜晚。大概是与杨洋"争吵"得累了，今晚我原本睡得很沉，竟然连货车倒车的声响都没听到。

距离上一次的半夜惊魂应该是七天，也许是八天。这样的担忧一直如骨鲠喉。我知道今夜的安睡又将遭受刚辉肆意的撕裂。我经受的是第二次，就这二次肆虐，已令我不堪，我实在想不出光复路两旁的居民是如何忍受刚辉长时间的暴力侵害的！这些人，仿佛只剩下忍受，见面时只会用一个个文明的词汇招呼，彬彬有礼，搜尽枯肠也找不出他们心底有一个反抗的词汇。就算是在刚辉发动对光复路的"轰炸"时，这些居民如我现在一样，只会躲在被窝里捂住耳朵强迫自己睡去。他们本可以做出反应的，譬如向城管举报，当然，这个时候的城管是找不到的。但你可以站出来喝止呀，可偏偏是一个个只愿意做缩头乌龟。刚辉那厮便是吃准了居民的心思，才会如此嚣张。我终于明白了一件事，刚辉便是这光复路上的路霸，但也许是他尚未遇到硬茬。

是时候改变光复路上的景象了。光复路柔弱了些，如同晚上路两旁高挂的柔弱的灯光。但，当路上飘起两朵燃烧的火烧云，光复路上应是多了一份热烈。人们的目光开始有了关注的新奇，这种表露，胜过了那半夜一声声轰鸣里的萎靡。

我与杨洋会是人们心中的期待吗？用我们的热烈，去焚毁刚辉的肆无忌惮。

尽管我是那么的急切，去完成改变光复路的景象，但时间是可以淡忘一些事物的。接下来的日子里，我似乎又忘记了我的使命。只在路过建材店的时候，才约略地意识到有件什么事在等待着我去做，却又找不到发力的地方。我意识到自己有些糊涂，容易忘却一些尖锐的声音，生活的平淡柔软着我内心的坚硬。

天空灰暗得很，像是倒扣了一只灰锅，光复路的天色一整天处于阴沉之中。我从早上起来，就觉得胸口发闷，刷牙的时候，发现我头上的火烧云倒向了右边，怎么打理也总是归不到正位去。杨洋头上也有了些变化，他的那朵火烧云倒向了左边，在对着镜子打理的时候，气得把梳子摔在地上。然而，发泄也帮不了杨洋把发型归位，我们俩便歪了头出了门。

行走在光复路上，我俩边走边甩着头，像是两个刚从泳池里上来的选手，努力地想甩出灌入耳内的水。傍晚归来的时候，我的火烧云被甩到了左边，而杨洋的火烧云倒向了右边。

没有人能真正分得清我与杨洋。在光复路上的人们眼中，我与杨洋如同一对孪生兄弟那样难以分辨。刚辉也不能！刚辉恶毒的眼神里流露着一种浑浊。这种浑浊暴露了他内心的不坚定。我从目光的对视里捕捉到了他的不坚定，报之以更坚定的狠意。果真，他开始在躲避我的目光，这正应了那句话："帝国主义"都是欺软怕硬的纸老虎！

黑暗顺利地与灰暗了一天的天空完成了日复一日地交接。我靠在窗台，猜想着一阵雨点的脚步临近，但夜空只是增加了一场雨的可能性，却又始终死撑着日渐沉重的天幕。光复路需要一场透雨来宣泄，哪怕只是为了浇灭刚辉的气焰。然而，死撑着的天幕却为刚辉的恶习的实施引来了契机。当光复路只剩下路灯安静伫立的时候，两边的鼾声却被货车栏板的震响生生地切断。光复路等来的是一场伤筋动骨的炸响。

离上一次卸货是八天，不用掰手指，我一天天累加着呢！我清楚接下来会发生什么，盘算着是否应当采取些行动，来给刚辉这厮以有力的教训。我向天花板喊出了一句："刚辉，你惹恼了爷了！爷发誓，你会摊上事的！"

如果要实施报复，最好的办法是利用地利，实施"空中轰炸"。我应该往楼下扔点什么，好让刚辉那厮领受应得的惩罚。客厅的餐桌上应该还放着三个啤酒瓶，自然是空瓶，那里面的液体昨晚被我与杨洋边争论边消灭了。如果把瓶从五楼上扔下去，刚辉一定会吓得抱头鼠窜。但那样的风险有点大，搞不好砸在刚辉的头上，虽性命无忧，但难免头破血流，那不是我要的结果。我要的是告诫，表达这光复路两旁居民对一个安静的休息环境的诉求。那么，想一个既让刚辉知晓利害，又不伤害人身安全的办法，才是我要的效果。况且，我并不想让刚辉知道活是我干的。

水炮！对了就用水炮！

确切地说，是水包。我完全可以用注满了水的薄膜袋，从五楼往下扔。那种落地开花的声势，足以震慑无视他人休息权益的行为。

我不是乔城人。在我来乔城生活了一段时间后，我依稀地感觉到，乔城的人们有一种息事宁人的温和。恐怕，对刚辉这家伙一个个早已恨之入骨，但就是没有一个人站出来指责他夜间扰民的行为。他们中的一些人只会选择逃离，迁居别处，以求一处安宁的生活空间。当我初次听到这种现象时，我在心底里发出了无数次嘲笑，似乎乔城的男人都缺少些血性，被江南的水上浸润得一个个都只剩下婉约。

杨洋就比我婉约得多。所以，很快地他就成了彭于晏的粉丝。可我的心底里活跃着一个扮演宋江的张涵予，头脑一热，是会题反诗的。此刻，我应该奔走于阳台与水槽之间，用厨房的薄膜袋一次次注满水，往楼下扔。而事实上，我双手拎住了被头，仿佛把自己套在一只硕大的袋里，努力想把自己扔下去。这样想着，楼下居然停止了装卸的巨响，而我却像担心被人偷走稍纵即逝的睡意，很快地再次入睡。至于刚辉是怎么停止卸货的，我竟懒得去猜想。

早上，我刷牙的时候，头一偏，竟发现一个意外情况——客厅桌上的三个啤酒瓶不见了！我狠命地搜索着晚上的一幕幕，确信自己没有离开过房间。我连水炮都不曾付诸实施，更不要说扔酒瓶了。我开始往纸篓里寻找酒瓶，却发现纸篓中空无一物。这个纸篓的保洁袋应该是刚换的，那么昨晚的保洁袋去了哪里？我开始想到了杨洋，刚喊了一声，杨洋从门外进来了，手中捏了两个郑师傅烧饼，一下子又堵住了我的嘴。可我还是有点不放心，嚼着烧饼问起那纸篓里的保洁袋，杨洋说下楼去买早点时顺便扔了。想必，那三个酒瓶也一起随着那保洁袋归了楼下的垃圾桶。很快，三只酒瓶的事被烧饼的香甜推向了我思绪的边缘。

锦园小区位于光复路南边。门口除了鞋匠撑起的一把遮阳伞外，还有一排排崭新的共享单车。我与杨洋步行在光复路上，在路过共享单车旁时，发现那些车像多米诺骨牌一样倒向一边。老实说，我对单车没有兴趣，它们与我的发型不相称。倘若我骑在车上，就算是再怎么用力踏车，也达不到在光复路上飞行的感觉。那么，何以让我的火云头产生流线型的动感呢？我是多米尼克，习惯了路两旁粉丝的尖叫，我的胯下坐骑自然应当是动力实足、风驰电掣。

傍晚，在我们回来的时候，那一排排共享单车却已整齐有序地站立了起来。我有了一种重新去审视的感觉，一些被倾倒的事物如果能重新站起，以整齐的姿态展示自己，是应当为之肃然起敬的。我的目光向光复路的延伸处眺望，发现傍晚的光复路有一种恬静的美。这个时候，街道两边尚无泊车，显得空旷而整洁。落日在西街的尽头徐徐下坠，与我头顶的那片火云遥相呼应。我知道那轮红日最终会投向它的归处，而我头顶的那片玫红也终将被我托举到锦园小区五楼的租处。

在步入小区大门之前，我习惯地向建材店一瞥，意外地望见了一个缠了绷带的头颅。一束熟悉的目光从渗透了血迹的绷带下向小区门口投来，我不经意的一瞥正好迎上了目光里的怨恨。刚辉的头是怎么开花的？

我的脑海里倏忽掠过这么一问，忘了原本回击的狠狠一瞪。或者，对着一颗受伤的头颅，我忽然狠不起来。刚辉的目光中带了些蹊跷，与我早上刷牙时发现的消失的酒瓶一样诡异。我有了一种想去建材店门口寻找玻璃碴的冲动，脚步朝向了那个缠绷带的人。我看到刚辉的目光开始有些飘忽，他应该没有想到我会朝着他走去。他微微地侧身，像是要避入店里去，却又转回了那半个侧过去的身躯，目光中再也没有了闪烁的眼神。他张开的手指慢慢地收了回去，终于握成了两个拳头。空气里传递着一种压迫，仿佛我每跨出去一步，都会被一股无形的力量挤压回来。我放慢了脚步，最终选择了停下。我停下的原因不是因为闻到了绷带里渗出的血腥味，也不是惧怕那两个捏紧了的拳头，而是听不到身后的脚步声。杨洋为什么没有跟上来？

我回头看时，发现杨洋停在原地，与我已有一段距离。此时的我，夹在了刚辉与杨洋的中间。而我发现，刚辉目光里的飘忽跑到了杨洋的眼里去，当刚辉转回身站定的时候，杨洋却侧过身去，大有进入小区大门的趋势。

落日的余晖泻在了建材店门口，地面上一种细微的颗粒折射出星星点点的光，渐次暗弱。我慢慢地转过身去，又突然做了一次探戈式的回头，发现刚辉刚刚松弛下来的拳头又迅捷地握紧。我在嘻嘻哈哈地往回走去，拍了一下僵在原地的杨洋的肩头，在刚辉与鞋匠的目光迎送里，步入了锦园小区。

我知道刚辉那双紧握的拳头里充满了力量，如果我与他单挑，估计讨不了好。但我身后有老铁杨洋，双拳难敌四手的道理，刚辉比我清楚。更何况，在刚辉的场地上寻事，打砸的都是刚辉的损失。刚辉一个生意人，心里门清。

如果刚辉继续装卸，我们该如何应对？

刚辉是肯定要装卸的，只要他的建材店不关门。刚辉不开建材店又能去干什么？刚辉的建材店开下去，货车就只能趁着夜色的掩护开进光复路，那么我与杨洋就甩不掉八天一个轮回的夜半惊魂。既然如此，这一晚我们干脆不睡得了！自然，我们不能这么便宜刚辉，他不让人睡，我们也可以让他想睡的时候睡不了。

我与杨洋在朝阳路上学摩托车修理已经快一年了。我们原本就打算开一家自己的摩托车经营店。然而，光复路上是不允许经营摩托车销售的，如果硬要开一家，只有换个别的名义了。

　　杨洋是个不差钱的主。他父亲在罗城是一位颇有实力的布商，而偏偏养了个不爱与布打交道的儿子。我们俩是天生的飞车爱好者，杨洋的父亲只好投其所好，拨了一部分资金给他。

　　没多久，在建材店的街对面，我与杨洋开起了一家"风行摩托车俱乐部"。很快地，我们的成员越聚越多，几乎囊括了乔城的摩托车发烧友。我们当然不出售摩托车，但可以经营各种赛车服，诸如 UGLYBROS、RICHA、JXH、MR.MOTO 等品牌的赛车服，在我们俱乐部都挂上了墙。当成员们一个个汇聚在俱乐部门口时，各种品牌的赛车次第排开，有风暴太子、独角兽、征服者、鬼火等等。如果嫌马力不够，那我与杨洋学到的技术正好派上用场。我们的改装满足了成员的需求，而我们的气势也盖过了刚辉那厮的嚣张气焰。

　　轰鸣！还是轰鸣！这下我找到了对付刚辉的法子。当刚辉的客户上门时，我正好拉起了马达。刚辉听不清客户与他的交谈，打着手势也不行。他只好用恶毒的眼神狠狠地朝我这边瞪。我心里却有说不出的舒畅，为那过去三个晚上的半夜惊魂而亮起了复仇之剑。

　　刚辉是找不到我干扰他的证据的。我调试自己的摩托车，好像也不关谁的事。何况这是在白天。如果我飞旋的轮子溅起一地的泥水，落在了刚辉的牛仔衣或者脸上，那他再发作不迟。我忽然发觉声音这个东西的破坏力，具有不一般的魔力。这种破坏力可以用来反击，却又让对方抓不住把柄，无从发力。我将运用它来惩罚光复路上的街霸，以彼之道，还施彼身。

　　刚辉头上的绷带一周后揭了下来，我看不出他头皮上哪个部位留下了疤痕。当然，我只是远远地观望。但我觉得刚辉的脑袋还是缠着绷带的好，那样更具备抗击打的能力。好了伤疤的刚辉又恢复了先前的忙碌，叽叽呜呜地摆弄起那台讨厌的钢材变形机。那些挺直的钢管在他的摆弄下，弯成了圈。但更多的钢管伴随着尖锐的切割声，被切成了等长的一截截。那种切割声难听得让人难以忍受，每切一截，都会引发一阵心悸。但刚辉似乎已经对这种切割声产生了免疫力，那些切割时飞溅的火红的铁屑撞上他的牛仔上衣，纷纷落下，毫发无损。客观地说，刚辉算得上一个不错的技工，而且还勉强算是一个硬汉。只是，他太忘乎所以了。光复路不是他刚辉一个人的，他无权蹂躏这一片安静的处女地。

我与刚辉的街头对决早晚是要见个分晓的。而鞋匠成了最守时的观众。我感觉他坐着的不是滑轮车，而是沙发。他天生就是个爱看热闹的观众。他无须用目光，只需竖起他的耳朵，倾听来自街头的两柄刀剑在头顶上发出搏击的铿锵之声。他从不欢呼雀跃，也从不选边站队，平静得近乎冷漠，又从未游离现场。他摇动鞋机的声响可以被我的马达声完全忽略，钉鞋的笃响也无非流于榔头举起放下的挥动。他把自己蜷缩于遮阳伞下，偶尔的抬头，目光却落在了那些整齐的共享单车上。

那些整齐的单车在我租住锦园小区前便出现在了光复路上，它们有一个共同的颜色——橡皮红。因此，它们与我头上的火烧云很相近。每辆车的车头都印制了统一的二维码，以支付使用后的计费。当这些单车排列于光复路上时，构成了一道明媚的风景，与我跟杨洋头上的风景相谐。相比之下，刚辉那抹牛仔蓝与光复路显得那么的格格不入。我预感着那抹冷冷的蓝色早晚会从光复路上消失，如同一场透雨过后，所有的蓝都将漏入建材店门前的窨井里去。那窨井下面的下水道一定被建材的装卸砸得比别处更破碎，黑魆魆地，足可以容纳所有从货车上卸下的建材，吞没所有落地的轰鸣，望不到去向的幽深随时可以抽走变形机吐出的尖锐。

今夜，光复路上多了一份躁动。第四次半夜的炸响在步步逼近。我跟杨洋说，要不我们吃了晚饭便睡吧。杨洋清楚，今夜，我们将接管光复路后半夜的所有。

我们在离开俱乐部的时候，最后检视了一遍爱车——杨洋的风暴太子，我的独角兽。油箱里注了八成汽油，轮胎也充了八成气。赤色的头盔挂在车头，在我回身一瞥的时候，头盔的顶部划过一道闪光。我知道它在时刻等待着我的召唤，扣上它，与我的火烧云完成灵魂的交接，鼓胀起燃烧的意志。

我听到了货车轮胎压过光复路的密密匝匝的咬合声，从光复路的东段进入，沉重得仿佛要把西段翘起。一车沉重的钢材挤压着路两旁睡去的神经，房子在微微的颤动。刚辉指引倒车的一声声"好"完成了接力，终于，货车像泄气一样地熄了火。不用等栏板的砸响声，我便从床上坐起。当第一捆钢材砸向地面的时候，我已经出了房间的门，迎面撞见了同样睡意全无的杨洋。

光复路在呻吟。一记记沉重的撞击发出闷响，施暴者践踏着未愈的伤痕，颠倒了光复路的黑与白。

当货车离去的时候，刚辉便拉下了卷帘门倒在了床上。他的确很累，会比平时更快地入睡。而我们不会在他刚睡下的时候接管光复路，那样太便宜他了。半小时足够一个劳累的身体睡过去。那么，该我们登场了。

一阵轰鸣过后，我与杨洋驾着爱车冲上了光复路西段尽头的断桥上，然而一甩车头转过身来。一条干净的光复路完整地伏倒在车轮之下，两旁的路灯屏住了呼吸在等待着指令，一场两个车手的狂飙不需要胜负，只求畅达。马达声由低处一路蹿高，是午夜里振聋发聩的二重奏。我们成了穿行在光复路上的两只梭子，重复着由西向东、由东向西的飞驰。所有的路灯在颤动，所有的泊车在尖叫。而刚辉一定在床上暴跳，他会记住光复路上今夜的华美乐章。

当我再一次见到刚辉的时候，他手里拿了一支长长的钢管。他像是早早地等在街的对面，等待着两朵火烧云的出现。他等到了，然而把钢管向前一指，脚下开始加速，像一头公牛一样冲了过来。

我想，这一次他下定了决心，打算与我们做一个最后的了结。他知道双拳难敌四手的道理，因此，手里多了一支钢管。一支钢管的确可以左右胜负，很显然他是有备而来。他的眼白瞪成了两枚鱼丸，短而乱的胡须坚挺着怒意。他清楚，这一次火并事关光复路上的掌控，他要把自己扮演成长坂坡上断喝曹军的三将军。我知道形势对我们非常不利，拉了一把杨洋，做好了逃遁的准备。

一辆黑色的轿车从光复路的东段飞驰而来，一个挺着钢管的街霸从街的对面俯冲过来。一声尖锐的刹车在光复路上留下一道浓黑的胎痕，我的脑袋发出了不绝的嗡嗡声。一支钢管抛向了天空，发出银亮的闪光，伴着同样的嗡嗡声徐徐下坠……

　　锦园小区门口，一辆滑轮车与光复路做着坚硬的咬合，光复路从晨曦里醒来。他费力地扶起倾倒的单车，恢复起那整齐排列的热烈。

领地

一处拾荒者赖以生存的"领地",某一天突入了另一个拾荒者,紧张对立由此展开。小说中自始至终回避了"拾荒者"三个字,主人公"我"以"八台守卫"自诩,而一只绿色的垃圾桶却被冠以"烽火台"的别称,小说以冷语调行文,让两个同样有着悲苦命运的人找到了互相依存的暖意。男主人公的独目,与女主人公的秃顶,掩藏了各自残缺的命运。男主人公的一个小小的愿望未能如愿,让小说在撕裂里结束。

在宁静的夜里,我常常独自徘徊,用我的右眼,望着我赖以生存的领地踌躇满志。那时候,人们已陆续睡去,唯独我精神抖擞。路灯是我唯一的陪伴,它会一直照亮我的领地直到天明,完成与朝霞的光明交接。我可以放心地在我的领地上来回踱步,谁也不会贸然侵入我的领地。

我的领地上总共有八个"烽火台",我便是这块领地的"八台守卫"。据老辈人说,我的祖上在京城做官,因此,祖母总希望儿孙们也能混出个模样。我守着一块领地,因此,我给自己封了个"八台守卫"的雅号,似乎了却了祖母的遗愿。

在乔城锦园小区,从九幢到十六幢,每幢楼下都会有一个"烽火台",染成鲜亮的绿色,一字排开,这便是我的领地上最重要的堡垒。我最称手的家伙不是什么青龙偃月刀,也不是丈八蛇矛，更不是那一匣双栖的鸳鸯双股剑，而是一柄生铁火钳，外加一个帆布袋。看我这一柄火钳，大开大合，得心应手，可夹日月星辰、风霜雨雪；而我手中的帆布袋，盛得金盏银勺铁铲铜盆，其功能不下布袋和尚的百宝乾坤袋。我每天大概要检阅我的领地三回，早中晚各一次。我的每一次检阅都很仔细，但凡"烽火台"中一切可利用的物件，我都会用火钳一一擒下，纳入布袋。

我会把每一次检阅的收获累积起来，找一个晴天，捆扎捆扎，装上我的"三轮乌骓马"，杀向收购站，换个好价钱。然后，回来后的我会显得阔气起来，买米，酤酒，弄点小菜，在我的"营帐"门口好好地摆一摆龙门阵，醉上一回。我的世界还算平静，不需要鸿门赴宴，也没有辕门射戟，想要煮酒论英雄，也少了对座的虚情假意的织席贩夫刘玄德，因为，从来不会有人与我对酌。现在，趁着酒意，让我来介绍一下我的"营帐"吧。我的"营帐"不大，大约只有八个平方，仅够我放个单人床外加一把椅子的。所谓仅够，其实是个相对的说法，因为我把余下的空间都交给了我的战利品，你看看，这搁板上托举的，钉子上挂坠的，门前门后堆放的，挤得我都快要用"钻"这个动作来完成进出了。雅是欠了些，但那毕竟是富足才有的美妙之感。

我"营帐"里的这张单人床，是一张半旧的席梦思，是在九幢楼下的"烽火台"边获得的。获得那天我高兴地搬回我的"营帐"，把原先的那张破竹榻不客气地请了出去。我拾掇拾掇就迫不及待地睡上去了，打着滚地睡，那感觉舒适得不得了。我认为席梦思才配得上我"八台守卫"的身份，这床本该早早地属于我的。再说说我这把椅子，是一把胡桃色鸡翅木圈椅。旧是旧了点，还断了一条腿脚，但那毕竟是一把老式的圈椅。我用一个小木棍安在那断了的部位，一下子就恢复了它的功能。坐在上面的感觉真的很惬意，我觉得这样更能显示出我"守卫"的风范。

正常情况下，我从这八个"烽火台"的收获大抵相近。我会在倒腾的时候戴上口罩、手套，我是个讲卫生的人，尽管那楼上的住户看到我时总会躲闪，我知道那是因为我营帐内外都是战利品的缘故，长期与战利品挤在一起，总难免会沾上些气味。虽说有那么一点点的难闻，但在我眼里看去，那都是一沓沓的钱。你说说，谁会与钱过不去？

遇上过年过节的那些天，是住户们手脚最大方的时候。那些住户会不断地往楼上搬东西，有单位里发的，超市里采购的，还可能有亲朋馈赠的。每家每户都会好好地烧上一桌菜，儿孙满堂地热闹上一阵子，事毕便接二连三地下来噼里啪啦地往"烽火台"里扔东西，有各式酒瓶，各式纸质包装，泡沫塑料，薄膜袋等。我只需站在"营帐"门口远远地望着，等住户走了便拿上火钳与帆布袋，兴高采烈地去挑拣那些有用的物件。

对于这些扔了的物件的价值，住户们大都是不了解的。这些他们眼中的无用之物，在我看来却是宝贝。我在取回的时候会在"营帐"门口来一番归整，分档处置。那里面其实也有值钱的东西的，譬如说老作坊白酒的外包装，面盖上有一个三角形的区域，按打点的针孔撕下来是一张完整的兑换券，可以拿去小店换回五块钱的。哎哟，我这是不小心说漏嘴了！我这嘴总是把不住门。

至于假期里，我往往会有意外的收获。我坐在"营帐"外，会时不时地从头顶飞下来一些少儿读物或者练习本。那些少儿读物是一些漫画书，孩子们消遣完了后怕被父母发现，便直接扔掉了。至于练习本，是一些课外的同步练习题，我想应该是父母亲不断地从书店里购买来，逼着他们做，他们偷偷地以塞出窗外的方式发泄着满腔的愤懑。我只需在这八幢楼的屋前屋后走一圈，便会大有收获。如此久了，我与孩子们形成了一种默契。他们是不希望扔出窗口的行为被父母发现的，故而我得尽快取走。

我按幢号依次把八只"烽火台"编上了号。离我最近的是九号，因为我的"营帐"便设在九幢楼下，依次由近及远分别是十号至十六号。对于末了的那几号"烽火台"我总有鞭长莫及之感，如，站在九号台旁望过去，我眼中的事物都变得渺小了些。我隐隐地感觉早晚要出状况。

这些天我发现离我最远的十五、十六号台"干净"得可以，我很难从那里获得些什么。我敏锐地感觉到，这两个台出状况了。要知道干我们这一行的也得守规矩！

锦园小区一共有四十八幢公寓，楼盘按六列分布，每列八幢。也就是说，像我这样的"八台守卫"估摸着共有六位，每位的领地内都有八个"烽火台"。话到这份上了我也不妨说得清楚点，所谓的"烽火台"其实就是垃圾桶，就是那些用绿漆刷成鲜亮的敞口家伙。我小时候连环画看多了，这辈子也没有机会登堂入室过过官瘾，因此给自己起了个"八台守卫"的绰号，只为逗个闷儿。现在，最要紧的是我得弄明白最末两台出了什么状况，这对我来讲不是一件小事！

我猜度着一种可能：在昏暗里，一个身影趁我不备，正在悄悄地逼近第十六号"烽火台"，用飞快的速度取走了那些原本属于我的有用物件。然而，这黑影竟意犹未尽，贪婪地走向第十五号"烽火台"，重复着快速取物的动作，然后匆匆离去。

我得捉住这个不守规矩的贼！

我坚信一件事，这世界谁都得守规矩。譬如说我们做"守卫"的，你守好各自的"烽火台"就是守规矩，倘若你觊觎旁人的领地，那就是坏了规矩的事。

为了抓个现形，天蒙蒙亮我就蹲在十六号"烽火台"的不远处候着了。当然，我不会暴露自己，我躲在一排海冬青的后面。

九幢到十六幢以东是一幢到八幢，那么以西便是十七幢到二十二幢了。紧挨着十六幢的，自然是八幢与二十二幢。我得注意着这附近的过道里会鬼祟地闪出个什么来，是男的女的，我心里实在没底。

大约在凌晨五点钟，一个影子出现了，在二十一幢与二十二幢相邻的过道里，戴了顶宽边的遮阳帽。我实在分辨不了那是个老头还是老妇人，只看见那人先是往八幢方向我的营帐处远远地望了望。但我知道那一望是无用的，其实只是为了看路上的行人。因为天时尚早，路上没有行人，那个戴帽子的人也就放松了自己，径直奔第十六号"烽火台"而来。

我只是蹲着，是的，我需要的是人赃并获，因此我耐心地看着那个戴帽子的人起劲地倒腾。等到那人把十六号"烽火台"倒腾完了，我看到他（她）转向了十五号"烽火台"。他（她）坚信自己周边是没有人的，而此时我却已经起身尾随了上去。我得好好地教训他（她）一下。

他（她）开始倒腾，十分投入，因为他（她）连有人站在背后都没有察觉。我只是背着手站在他（她）的身后，只等着他（她）的转身。

他（她）终于直起了腰，缓缓地转过身来。突然，他（她）的身子颤抖了一下，手中的火钳啪的一声滑落在地。这一惊让我想到他（她）是认识我的，作为一个入侵者，我相信他（她）一定在私下里研究过我，包括我的相貌、作息规律、"检阅"次数及时间，我猜想他（她）应该是早早地算计上我了。此刻，他（她）只是定定地站在那里，甚至连火钳都忘了去捡，我知道那是因为他（她）心里发虚的缘故。我不由分说，上前去夺过了他（她）手中的编织袋，因为那里面装的本就是他（她）偷我的，或者说是抢我的，理应归还。至于火钳，那就算了，我总不能缴了。在我转身打算离去的时候，那帽子人突然瘫倒在地，顺势一把抱住了我的腿。这下我走不成了，但我是不打算与这个人有肢体冲突的，我一向崇尚不怒而威。我开始意识到地上的戴帽子的人应该是个老妇人，否则一个男人怎么可能使出这等赖皮的招数来。我用力地拔了几次，想把自己的腿从他（她）的环抱里抽走，但没有成功。一股莫名的愠怒从我的心头升腾起，我想，这下恐怕难免要发生肢体冲突了，这真不是我所愿的。我举起了手，想重重地拍下，好好地教训一下这个死皮赖脸的家伙。在将要接近他（她）头部的时候，我拍下的手不自觉地改变了动作。我一把扯掉了那人的帽子，在我扯掉的一瞬间，我看到了一幅奇怪的景象，令我僵在了那里。

一个光头，确切地说，是一个光头的妇人瘫坐在地上。我不知道她为什么会光着头皮，但我确信她的日子同样不好过。要不然她何苦干这行？又何苦来侵入他人的领地？可是，我的领地是接受不了她的分享的。倘若我让出两个"烽火台"去，那我将会有七八天揭不开锅，哪怕是戒了酒也挨不过。我不能让出这两只"烽火台"，不能！但我该如何收场呢？我总得把困住的腿脚抽回来吧。小区的住户开始有了动静，那上班的与上学的都会早起赶路，这一幕着实大煞了风景。毕竟，这一片风景是属于他们的，我们充其量只是一个寄居者。我心下焦躁，狠狠心吼道：

"这次饶了你，不能再有下一次了。否则，小心我揍你！"

顺着话音我把编织袋往地上一摔，看上去弄得很有气势，但结果却是明显地表示出了让步。那妇人迅捷地抱住了编织袋，在腿与编织袋之间很快地做出了选择，我的腿就此解放。

"还不快走！"我又吼了一声。

那妇人像是记起了什么似的，戴上帽子捡起火钳，提着编织袋快速地消失在来时的过道里。

我掸了掸衣摆上的尘土慢步走向"营帐"，心里反复地问着自己：她看到我的右眼了吗？估计没有。要是有，她就不会那么赖皮了！因为看到过我右眼的人不会是这副德行！没有人能与我对视上三秒！这么多年来我只需在心中默数，不管是遇到敌意的还是善意的面对面，当我数到三时，对方总会把头扭到一边去。这让我在心理上每每占据了上风，我不用惧怕任何人。

她是从二十一幢与二十二幢相邻的过道里消失的。那她很可能是我的领地以西即十七幢到二十二幢的"守卫"了。这让我很恼火，同样是干这一行的，怎么可以不守规矩呢！

让我更为恼火的是，在接下来的日子里我的领地接二连三地出状况。我顾了头却顾不了尾，那光头妇人居然以躲猫猫的方式频频下手，让我落入了顾此失彼、疲于奔命的窘境。

她一定是躲在某一处窥视，等我走远了便出来下手。等我回转身来时，她却又溜之大吉。这妇人太坏了！

不能再这样下去了！我不能让如此卑劣的行径继续下去，我想我是个能控制局面的人。我得主动出击，去会会这个不守规矩的妇人。

夜幕渐渐降临，我决定趁着夜色前去探看。我为什么选择傍晚时分？很显然这个时候可以达到出其不意的效果。它能隐藏我的行踪，在昏暗的暮色里发挥我独目的光华。

姑且先说说我的独目吧。

我不知道人们从什么时候起冠以独目者叫独眼龙的。这个叫法中唯一顺我心的是那个"龙"字，也许传说中真有一条独目的龙在，那么我便是非同凡相了。我这样想着忽然联想到我的威严之处，原来，我身上有一股子龙相龙气，无怪乎凡人与我对视时总是挨不过三秒钟便扭过头去。

其实我不是天生就独目的。我之所以只剩下右目可看这个世界，全因为早年生产队里的一次开矿意外。在我们村的东南向有一座石头山，那山上的石块夹杂着银片，后来被测定为石英矿石，于是便有了打炮开采的事。有一次遇上了哑炮，需要有人上去检查炮眼，那火捻子遇上细处推进时便会迟滞些，但也有可能是火药不匀，导致熄火。我就自告奋勇地上去了，拿了一根竹片

去捅炮眼，结果轰地一响，我就不省人事了。后来呢？经过医院
的抢救我就只剩下一只眼了，大伙还庆幸我保全了性命。我就这
样因工负伤了，我得到的补偿是安排进了乡镇企业，但后来企业
改制了，我便没了着落。你问我有老婆没？那可问着我的痛处
了，我前后相过几次亲已经记不得了，但结果是一样一样的。老
姑娘小姑娘看见我的独眼就瘆得慌，待不下三秒钟便走人。我知
道这一辈子算是糊了，别想再有女人了。可是今夜我却要为一个
叫尼姑的女人去摸黑探究，因为我实在不能容忍她给我造成的
损害。

　　我在小区内西南向的围墙角发现了一处与我的"营帐"极为
相似的简易房。但此刻此处棚屋却没有透泄出半丝灯光，莫非那
妇人这么早就睡下了？这倒让我为难起来。我总不能在她躺着
的时候破门而入吧！我这一生没有碰过女人，总不能因一时大意
而毁了清誉！尤其是我连她的头发都没碰着便背了黑锅，那可大
大的不划算。我想到这里掉头便走。至于算账的事，只好先搁
下了。

　　妇人的窝棚紧挨着一条小河，大约走不了二十步远便有一处
踏道。所谓踏道，是我们水乡一种有石阶的河埠头，妇人们经常
会在此洗刷衣物。我埋头赶路，就听得踏道方向扑通一声，像是
有人跳到了水里的声响。我扭头看去，发现夜色里一颗锃亮的脑
袋正在水中浮沉，我吃了一惊，莫非是有人寻了短见？我急急地
来到踏道边，正要下跳救人，忽听得一个妇人的声音响起：

　　"你不要下来，你要是下来我可要喊人了！"

　　这一声传递了两个信息，我很快就止住了下冲的姿势。一是

这个声音我听到过，就是我今晚要探究的目标，我算是找到她了；二是我没有见义勇为的表现机会了，因为她跳水不是寻短见，而是为了躲避来人，她明显是会水的。

我的双脚在回抽的过程中踩到了一团软乎乎的东西，随手一抄，发现是几件放在石阶上的衣裤。我紧张得手一松，那团衣裤就此散落一地。我想到了一件事，我一定是赶上那妇人洗澡了，我怎么可以看一个女人洗澡呢，我得赶紧离开。

但是令我自己不敢相信的事发生了。我居然没有走远，确切地说，我是走出去十几步后又停下的。这个时候我心中有两个我同时冒了出来，而且争吵起来，一个红着脸说，我是个老实人，平生没碰过女人，绝不可以看女人洗澡的，那样多晦气；可另一个则发着狠地说，我是来找她算账的，既然找到了，就应该好好惩罚她一下。他们就这样各执一词争吵不休，至于最终谁战胜了谁，你接下来一看我的举动就清楚了。

我的双脚没有再向前迈步的意思，巴巴地回转身来，走向了踏道。我没有下水，也没有去抄那散落一地的衣裤，而是坐下来，坐在了石阶的最高一级上，点燃了一支香烟，吧嗒吧嗒地抽起来。整个过程我没吭一声，任烟头的火苗随着我的每一次抽动在夜色里闪着光亮，照亮了我的瘦削的脸庞，和一只夜色里忽闪的右眼，其实我知道我那只一团肉糊的左眼比右眼可怖多了。我这一切行为释放着一句台词——警告。我想我不用说，那妇人便知道我此行的目的了。

"你想怎样？"

这是二十分钟后妇人的发问。那声音里带着颤抖，我不知道

她是恐惧还是在水里浸泡久了的寒意所致。但至少说明她已不想
再坚持这僵持的局面了。

我想怎样？我可真的没有想过。暴揍她一顿？臭骂她一顿？
我没有想好这样做。我就杵在那里，不知道怎么回答。我此刻最
多的坏想是，我就堵在这里，让你难堪！

这个时候，一幕意想不到的情景发生了。正当我得意时，那
妇人居然从水中爬了起来，光光地站在了踏道上，水哗哗地往下
淌，打湿了石阶。

她浑身发着颤，欠着身摸索着找石阶上的毛巾，快速地擦干
了身上的水珠。而我，一个寻衅者，面对一具女人的裸身，居然
没有回避，直勾勾地盯着。虽然，在夜色的掩蔽里远处的人望不
见这边发生的一切，但近在咫尺的我却可以清楚地分辨任一处轮
廓。我原先不能判断这妇人的年龄，是因为光头模糊了判断的缘
故。她最老应该是差我十岁的光景吧，也许是小十五岁。这让我
感到一丝莫名的紧张，我的头脑有点发蒙，只感觉眼前白花花的
镜像正在迷散，以致模糊。我甩了一下头发，定了定我那只独
目，却发现尼姑已飞快地穿好了衣裤，正从我身边快步离去。我
忍不住伸出手去，却什么也没有抓住。我的手就这样半张地停在
夜色里，心想，哪怕是再抓一次这女人的衣裤也行。

这一夜我坐在河边默默地抽烟，直到抽完身上那包刚买的烟
才悻悻地离去。

但无论如何，我这一次的警告算是有了效果，因为我的领地
平静了一些时日，所不平静的是我的另一块领地——我的内心。

妇人的身形总是在我的独目前晃动，闭上眼却变得更为清晰，

你知道我说的身形的意思的。在寂静的夜里我常常莫名地失眠，翻来覆去地一直睡到腰背酸疼，最好的办法是起身，在路灯下来回巡视我的领地。但巡视终究不是一帖治疗失眠的良药。

我到底该不该有女人？

我不断地向自己追问着这个问题，无数次不由自主地巡视到了河边，在夜色的掩蔽里我站在了妇人的门外不远处，看着里面的灯光与灯光里的身形。

我开始并不关心"烽火台"中少了些什么，奇怪地盼望着妇人再次来让我陷入顾此失彼的困境。但事实上从那晚以后我的领地不再少些什么，我想我是吓着她了。

一个大胆的想法在我心里滋长，我决定主动去找她。

我最想弄明白的一件事是这妇人究竟是哪块领地的"守卫"，我约略地摸排了一下，发现她什么"守卫"也不是。她只是寄居在河边的一位外来户，至于什么时候来锦园小区的，我无从得知。那么她是靠什么生活的呢？就是靠趁我们六个"守卫"不注意时游击得手？可想而知，这样的游击要持续下去是多么的困难。我想，她的日子一定很难挨。我这样想的时候连自己都感觉想发笑，我一个面目可憎的人怎么发起慈悲心来了？我何曾关心过别人的生存！

可是，现在的我已经不同了。我发觉一个男人要是心里装着一个女人，他就会心中点燃起一盏明灯，这一盏光明会让自己照见身边的苦难，散发出持久的温暖。我的心在不自觉中走出了坚硬，我决定去寻找另一种温暖。

晚餐后我会坐在河边离踏道不远处乘凉。那地方望去看不清踏道上的一切物象，可以证明我不是来看妇人洗澡的，这是我为清白所守的底线。

但我能听见从踏道那边传来的任一种声响。其实，妇人的每一次下水，每一次上岸我都听得分明。她从不在水中游动，也不会让水发出较大的响动。我知道她只是为了静静地洗身子，不想引来周遭的注意。也许，我是唯一知道她在昏暗里下水洗澡的人。那么，我是不是唯一看过她身子的人？我这样想的时候有一种出奇的兴奋，似乎又找回了青春。

追溯我的青春真是一件费力的事。但我的青春一定是在左眼明亮的日子里。我记得那时的我二十四五岁光景，喜欢坐着站着走着吹口哨，甚至是向迎面走来的，或是院墙内的姑娘或小媳妇吹口哨。许多村里的姑娘都喜欢听我吹口哨，因为当我经过她们身前的时候她们总报以热情的微笑。我相信生活是需要动听的声音的，因为在我吹口哨的时候我的心情是舒畅的，且遇见的总是一路阳光。正当我盘算着娶村里的哪位姑娘过往后的日子的时候，那次开矿炮难发生了。从此，一切的美好破碎了，没有人愿意与我一张独眼的脸对视上三秒钟，我无法从一张张扭过头去的脸上捕捉到以往的热情与暖意，我的心随着周围的一切漠然冷到收缩，从此喉头吹不成一曲完整的口哨。

但是今夜我忽然又想起了吹口哨。我坐在河边，听一个不算年老的妇人洗澡的声音，那安静里偶尔拨动的水声挠着了我内心埋藏多年的哨簧。我的喉头奇痒无比，双唇收拢，一股从肺部挤送出来的口气穿过咽喉缓缓地送向双唇卷起的小孔。我听到了我久违的哨声，确信我还没有忘却那份技能。但我吹什么曲子好呢？一首叫《春天里》的曲子很快从我的脑子里跳了出来，那是我经过一间商厦的门口听到的，那天店里正在搞促销，播放着这首据说是娶了好几个老婆的歌手的歌曲。说真的，我对这首歌的兴趣正在于此，一个会唱歌的男人他能娶上几个老婆。我心里默念着那几句歌词，口中吹响了哨声：如果有一天，我老无所依，请把我留在，留在这春天里……

我很快地忘了自己的处境，那哨音越吹越响，似乎又回到了青春时期。正当我忘乎所以之时，踏道那边传来了大动静，我顿时醒悟，一定是那妇人受了惊做出了急剧的反应。我能想象她的慌张。但我没有停下的意思，而是站起身来走向踏道。我这样的举动是不是想再一次让那妇人难堪，还是想让她知道我是一个会吹口哨的有情趣的人？我也不知道。在我走近踏道的时候，妇人已经穿好衣裤站在了河边。她若无其事地站在那里，摆出一副乘凉的架势，俨然不是一个偷偷下河洗澡的女人。其实，我知道她只是等在那里想看一看是谁惊着了她。

当她看清楚来的是我时，显得十分的慌张，转身就走。我看着她狼狈离去的身影觉得十分得意，自从我看到过她的身子以后感觉她就是我的半个女人，人的隐私真的不能泄露给别人。我用哨声送向她的背影，而且吹得有些肆无忌惮。我觉得我似乎找回了青春，再一次把口哨吹向了喜欢的女人。

这样的日子日复一日。我的哨音越发纯熟，而秋凉已至，妇人不再下水。在月色明亮的夜里，我能看见她坐在踏道的石阶上不声不响，静静听我吹响《春天里》的曲子，我俩虽距十步之遥，但我能感受到彼此的心已经拉近。我想，她明白了我吹口哨的意思。那曲子里传递的是彼此的依靠。于是，有一天夜里，我坐在了她的身边，坐在了踏道的石阶上，默默地吹响哨音。

在哨音停顿的时候，我们彼此讲述了过去。她告诉我曾经有过一段婚姻，有过一个可爱的儿子，但在儿子五岁那年，她带着儿子去农贸市场买菜，只一转眼的工夫，身后的儿子就不见了。她发疯似的找遍了整个市场的每一个角落，但她可爱的儿子就像蒸发了一样，杳无音信。接下来是夫妻俩的无休止的争吵，无数次踏上寻儿之路，又无数次地等待与失望。她停顿了一下，继续说：

"在一个早晨，我坐在镜子前，发现头发随着梳子一绺绺地往下掉，我看到镜子里光了一边的头颅感到十分惊慌，开始歇斯底里地喊叫。但一旁的老公竟无动于衷，我都不知道他什么时候起竟然变得如此冷漠，他把失孤的责任全抛给了我，再也找不回过去的温存。我心里无比失望，难道他不知道我这是想儿子愁的？我天天沉浸在自责里，他却从未有只字片语的安慰，我想我们的婚姻是走到尽头了。我知道丢失了儿子是我的错，但他怎么就不能原谅我呢，试问世间有哪个妈妈愿意弄丢自己的孩子？"

她开始啜泣起来，抽动着双肩。我伸出手去拍了拍她的肩头，只想安慰她一下。她停止了啜泣，幽幽地说了一句：

"你想不想知道我心中最大的愿望？"

我说我当然愿意分享。她说：

"我的愿望是坐在商厦边的肯德基店里好好地吃上一顿。这也是我儿子的愿望。因为当时就是因为我未能满足儿子的这个愿望，估计他一直跟我赌气才走丢了。他是故意走开的，好让我着急，结果，结果……"

"唉，孩子还真的淘气了些，他不知道周围潜在的凶险，这不是你的错。"我这样顺着她说，只为缓解她心中的歉疚。虽然这份歉疚算起来有点遥远。

"如果谁能帮我实现这个愿望，我可以……"

她下面的话说得有点含糊，但意思是明了的。按理说她的愿望并不算高，况且他只对我一个人诉说了心愿，算起来是一份定向的指标。但我知道一个人在肯德基吃上一顿的费用大约是五十元，如果加上陪同的我，那么应该需要一百元吧。一百元也就一张红币的事，但我的领地的收成只够我一个人勉强度日，我的裤兜里从来没有凑齐过一张红币。这可如何是好！

我心里犯起了愁，但嘴上还是非常自信地做出了许诺，许诺她这个心愿我一定帮她达成。我坐在她身旁，打了一个比方，一张老作坊的兑换券可兑五元，那么二十张就能兑一百元，那我只要凑齐二十张兑换券，就可以达成她的愿望了。

我说："我还不知道你叫啥呢，我总不能老像背地里那样叫你光头吧。"

她说她叫吴桂花，口天吴。

我说我叫沈尚元，你以后叫我老沈吧。可其实我心里却说，你以后可不能再叫我独眼龙了。虽然她没有当面叫过，但我能猜想没有一个人在我身后不是这样叫的。

这一天我们算是向对方交了底，但吴桂花能否成为我的"守卫夫人"，还要看我的努力。我开始幻想着做一件既艰巨又浪漫的事，我打算攒够了二十个老作坊的兑换券，然后选一块干净的硬纸片，最好是红色的底子，把兑换券排成爱心的形状，然后向她表白。所谓的表白，其实只需递给她就行，她会会意的，不需要其他。

今天是九月二十六日，再过五天就是国庆长假，而明天是中秋节。双节是锦园小区里一年中仅次于春节的热闹喜庆，我很有可能完成积攒的指标。想到这里，我的内心激动起来。我清楚领地里的住户哪几家有喝老作坊的偏好，但我更希望在节日里有更多的住户因为老作坊的浓香绵醇而喝它。毕竟，老作坊是五粮液酒厂生产的一种浓香型白酒，我研究过那些"烽火台"里拾得的外包装以及酒瓶，也算是个了解酒的人。在这十天半个月里，我得打起精神来，好好地守着我的领地，一天三趟的巡视更是不能有所松懈，因为我有一种预感，我的目标即将完成，而吴桂花的心愿或者她失踪了三十年的儿子的心愿也即将达成。

到了十月七日的早晨，从我第一次巡视结束后，我手中已经有了十九张兑换券，当然这里也包括我半年来的积攒。那么，如果我能在中午时分的第二次巡视时再掏得一张，我就能完成吴桂花的心愿。我设想着傍晚陪同吴桂花走进肯德基店的场面，干净的环境，热情的服务生，好闻的熟食的香味，感觉那样才算有一种过节的气氛。我们将以一顿肯德基来为十一长假作一个完美的注解，否则，怎么对得起我的领地和我们所居住的锦园小区。在这个充满喜庆的节日里，我与吴桂花不可以成为唯一没有过节气象的看客。当然，更重要的是，这是我可以向吴桂花表白心迹的重要时刻，然后我们将以一顿大餐来完成仪式，而明天起我们将开始新的历程。

上午，六幢二单元五楼的老李从小店里捧回了一瓶老作坊，我知道他就好这一口。今天他闺女与女婿来过节，估计是翁婿俩中午要摆龙门阵，目标是消灭这瓶老作坊。

接下来的时间里我只需做好一件事，守住六幢楼下的"烽火台"。我拉了一把小板凳坐在离"烽火台"一步之遥的地方装作消闲，心里却密切关注着老李家的一举一动，我不希望有什么人或事来横生枝节。大约下午三时，老李女婿一家下得楼来，开着私家车离去。当然，车是由不喝酒的老李女儿开的，此时他女婿看上去走路像是在发飘。老李一直站在车边挥手致别，而我的注意力全落在了他那只垂下的手中。因为那手里捏着一袋即将扔入"烽火台"的弃物。

等老李送别了女儿一家，回转身来把一袋废弃品扔入"烽火台"后离去时，我腾地从板凳上弹起，冲向"烽火台"。

我找到了那张老作坊的外包装，这个时候它就被我捏在手中。

感觉一切的美好愿望无法实现了。

窗口

男女合租引发的冲突，
展现青年对情感生活的寄托。

1

　　宋佳喜欢站在窗口看风景，是长时间倚窗凭眺的那种。别人总以为她看的是楼下花圃里春意盎然的花草树木，或者楼上的天高云淡，其实不然。

　　没有人知道宋佳关注的风景是什么，这是她的心事。她也没有透露给别人的打算，只愿意默默地把风景藏匿在心底。

　　窗是家的窗，在小区六幢的四楼。但家是租来的家，是的，宋佳只是这间套房的一个租客，确切地说，是租客之一。这套房子的另一个租客是个异性，在客厅、厨房、卫生间这些公共场所晃来晃去。宋佳不愿意猜度他的用心，但她理解他这样做是出于幻想。

这也难怪，宋佳清楚自己的本钱，就像《水浒传》中描写的鲁提辖为一个女人拳打镇关西那样，难道不是因为那个女人有三分姿色？宋佳想，她就是属于那种有几分姿色的女人吧，她的异性租友袒露的生猛与鲁提辖所表现在拳脚上的生猛，其实在她眼里都是同一个意思——在异性面前表现威猛。

别人以为女租客一定是个外来妹，但宋佳却是地地道道的本地人，只不过她的家在一个偏远的山村里。宋佳在酒店上班，因为她的作息时间与一些特殊行业差不多，她猜想而且事实也证明了她在邻居面前闹了不少的误会。轮到上夜班时，宋佳后半夜才下班，下班后会点亮客厅与房间的灯。反正白天睡觉休息，因此在后半夜是经常通宵亮灯的。你说对了，就是昼夜颠倒着过。这让对面五幢的住户产生了疑问，他们在夜里尿憋得厉害时，会起身上厕所，一抬眼便看到对面六幢四楼居然亮如白昼，就非常好奇。宋佳猜想着他们的猜想，猜想着他们自认为百分百符合逻辑的断想，他们一定无数次地告诉自己的爱人说，那对面的女人估计不是个正经女人。这不，经常看到她后半夜亮着灯，不知道在做什么勾当，真是有伤风化！

唉，小女子我只是一个酒店的收银员。宋佳显得很无辜。你们这样猜度，真正是冤枉了一个为生计而甘于昼夜颠倒、吃苦耐劳的好女子了！

宋佳是去年职教中心毕业的一名中专生，学的是计算机操作。因此，当她应聘乔城大酒店的收银员岗位时，是预料之中的顺利。虽然工作辛苦了点，但她终于可以在城里立足了，不用回到那个用来被城里人装模作样地去踏青的小山村了。这些观光的城里人，对山上溪边、田间地头的作物表现出了浓厚的兴致，摆着各式的姿势留影，有的甚至是拿了帐篷露宿，可你要是让他们从此住在山里了，他们一个个会把头摇得像脱了把的粪勺。他们在城里有舍不下的家业，有舍不下的灯红酒绿，甚至有舍不下的连自己也含混不清的暧昧的异性。

宋佳是去年搬入小区的。七月里刚毕业，宋佳便冒着酷暑挤进人才招聘会。要知道像她这样的中职生在就业市场上是没有挑剔的本钱的，这一纸文凭实在拿不出手。在这个连本科生也不好找工作的年代里，哪有中职生择业的机会啊！宋佳就赖在学校的宿舍里蹭住，但心里很清楚，八月底是学校把她们这些毕业生扫地出门的最后期限，那时新生即将入学，她们的宿舍就只能让给学弟学妹了。因此，她得赶紧在这一个半月时间里找到工作。找到工作后，才可以有底气去租房子，否则真得卷起铺盖回老家了。

老天爷可怜这个弱女子。在八月中旬时，乔城大酒店在人才市场挂出了招聘广告，宋佳凭着对口的专业与较好的"基础工程"顺利得到了人生的第一份工作，这让宋佳马上做出了告别学校宿舍的决定。宋佳很庆幸自己在最后关头找到了工作，不用再像姐妹们那样被学校视作赖着不走的一条可怜虫。她很潇洒地向那镶嵌着职教中心铜字校牌的校门挥了挥手，念上一句：我轻轻地来，又轻轻地走了。

第二天就要上班了，宋佳也如愿以偿地搬入了城南一个小区的公寓。在搬入这套公寓前宋佳也曾犹豫一件事，因为之前就住着一个男性租客。房东陈姐是个正经人，在事业单位工作。陈姐领宋佳去看房的那天正好是周末，那个时候暑热还没有结束，陈姐领着宋佳进去时迎面撞上了那个男租客。宋佳一看那小裤衩就脸红，便扯了扯陈姐的衣摆表达着要撤退的意思。但陈姐为了充分出租她的空间努力调整着情绪，虽然她看上去只比宋佳大出不过六七岁，但估计是个教师，在人前发言练就了镇定，于是很严肃地提醒那位男租客说："小丁，你可是只租了一个房间的哦！换句话说，房间以外的都是公共场所，以后不要在公共场所衣冠不整地出入，请注意影响！"

小丁二十五六岁，像是个大学生，胡子拉碴的，显得不修边幅，但样子很随和。听了房东的"警告"，他表现出一副服从的态度。宋佳想，他巴不得能迎来我这样的租友呢，至少他的生活从此充满幻想。

宋佳决定住下了。因为她相信小丁只是个有贼心没贼胆的家伙。谁也不会拿自己的前程开玩笑，对吧？小丁如果动了她，她就可以去告他。

2

宋佳只把衣裤晾晒在自己房间的窗口，她不想因为晾在客厅的阳台而使自己的衣裤遭受不测。现在，什么变态的人没有！

傍晚，宋佳洗完澡把衣裤一一挂在窗口的不锈钢栅栏上。她的目光正好与对面的四楼平视。确切地说，是稍偏俯视，因为宋佳住的六幢底层是临街的店铺，比五幢的车棚底层高出许多。她第一次看到了她的风景，心微微地律动了一下。心当然是律动着的，但这里说的是那种突然变换了节奏的不规则律动。

在五幢四楼的窗内，一个大男孩正在专注着自修。他看上去比宋佳只小那么一两岁，理着短发，有一张帅气的脸庞。他是高二的学生吧？也许是高三吧。但宋佳想他绝不可能读中职，因为宋佳清楚中职生是不需要这样用心学习的，考大学对于他们中职生来说只是个美丽的传说。他应该能考上一个很好的大学，然后找到一份理想的工作。

宋佳回到房间里想收看电视，居然没有信号。宋佳没有电脑，也没有买的打算，因为租房里涉及分摊费用的问题，所以房东掐断了有线电视与宽带。好在宋佳开通了手机QQ，五元钱的包月费还不算太贵。但宋佳不太喜欢在QQ上热聊，因为输入太费劲。这个时候传来了敲门声，接着宋佳听到了小丁的声音。她不想开房门，也不想与小丁有过多的交往，毕竟他们还不熟。宋佳问小丁有什么事，他说也没什么大事，只想来问问有什么需要，宋佳说谢谢他的好意，她真的不缺什么。宋佳想，也许小丁自己正缺点什么，但他尽可以到幻想中去一一满足。

夜静得很。虽然不时地从别的房子里传出嘈杂来，孩子的哭闹声，夫妻的拌嘴声，或者是某个住户的一阵连续的喷嚏声，但与我又有什么相关呢？我的夜很静，宋佳这样想，哪怕是不远处传来几声狗吠，与我又有什么关系？宋佳被无聊包围着！

秋凉尚早，夏暑未消。入睡之前，宋佳舍不得过早地开启空调，于是她来到窗前，努力地想从夜的暗黑里探求一丝广寒宫洒落的清凉。她第二次看到了她的风景，男孩的房间开着两盏灯，一盏是天花板上的日光灯，另一盏是案台上的白炽台灯。说真的，两幢公寓的间距本来就比一般的小，也许还不如厨房到露台的距离，加上两盏灯的映照，她能洞悉了男孩房间里的所有，一张单人床，一只双扇玻璃门书柜，一架黑亮的钢琴。她甚至能看清楚男孩坚挺的鼻梁，金属的近视镜架，瘦削的脸庞。他就像坐在同一教室的某位男生，是那么近，又是那么远。在遇到难题的时候，男孩会紧蹙起眉头，头往下沉，两只肩头便像驼峰那么高耸。当他求解后，又会不停地用拇指、食指、中指熟练地转动那支银灰色的水笔，像是直升机顶上旋转的机翼，表示着享受攻破难题的那份愉悦。但是他一直不抬头，也从不看窗外的事物，当然也不会发现对面窗口有一双关注的眼睛。这让宋佳很失落。

宋佳开始很想让他知道她的存在。

她这样想着，人也不自觉地有了行动。她把身子尽可能地往外探，几乎是坐在了窗台上。她想，她这样做应该拉近了点与男孩的距离，同时，她张扬的举动应该已经引起了对面住户的注意。但男孩依然如故。

他太投入了。这么投入的一个男生学习成绩应该不会差。可惜她除了了解他的房间、他的脸形外，其他一概不知。她甚至不知道他姓什么、叫什么、喜欢什么。

大约到晚上十点半时，男孩结束了晚自修。他整理完书包，站了起来，把目光投向了窗外，但很快又拉了一把窗帘。宋佳急得想说些什么，但还是没有出声。宋佳终究还没有想好要对他说些什么。接下来，宋佳能看到的只有窗帘与窗框的缝隙，那是一条窗帘没有拉到边的距离，窄得只有手掌那么宽。宋佳隐约地看到了男孩在很有节奏地举哑铃，左右手各抓了一只，一上一下地交替举着。随着每一次向上提举，他的肩头都会鼓起几块肌肉来，时而鼓胀时而松弛。这个安静的男孩此时却像换了个人似的充满了活力，让她心生好奇。大约十分钟后他放下了哑铃，做起俯卧撑来。宋佳是从他时隐时现的后脑与频率判断得知的。又大约十分钟后，男孩已是满头大汗。他拿了衣裤，关了房间的灯来到客厅，然后又走入了卫生间。

卫生间的窗帘拉下了，宋佳只能看到一个模糊的身形。哗哗的水声停了，浴后的男孩坐在了餐桌旁，享用着他妈妈为他准备的一份水果，也许是爸爸为他准备的。然后，男孩走入了父母的房间，大约是在妈妈的桌前蹭了一会儿电脑后，回房睡下了。今晚，宋佳也就此失去了可看的风景，不如我也睡吧，宋佳劝说着自己。

宋佳忽然爱上了白班，因为那样可以在前半夜欣赏她的风景。但她没法改变酒店的班次，白班与夜班的安排那是酒店的制度，没有人能享受特权来改变。

3

日子过得很快，转眼又迎来一个新的夏天。夏天有什么新旧之别的？不过是新在这是宋佳参加工作后的第一个夏天罢了。

算起来宋佳站在窗口观看她的风景已经快一年了。宋佳在很多个傍晚目测男孩的身高，他是一个一米七八的男孩，一个斯文安静的男孩。哦，对了，宋佳在这一年里还是多少有点收获的，除了目测了男孩的身高外，还耳闻了他的名字。有一次他母亲从农贸市场回来，电瓶车后座搁了一袋米，大约是三十斤装的那种。那天刚好是周末，他母亲在楼梯口向上扯开了嗓子喊："明浩，明浩，快下来帮我扛米。"这个举哑铃的男孩二话没说便冲下了楼梯，很轻松地把米提上了四楼。另外，宋佳还听到过他妈妈喊他爸爸："老沈，老沈，我正在晾衣服，楼下快递到了，帮我去拿一下。"这么一来，男孩的姓和名都凑齐了，沈明浩，对，她的风景的主人公就叫沈明浩！

今天宋佳的心情不是很好。因为在晚上她看风景的时候，老沈刚好来厨房倒开水，转身后，他与明浩的妈妈耳语了几句，明浩他妈当即便做了一件令宋佳难堪的事。她来到明浩的房间，用力拉起了窗帘，还在窗帘后说了句什么。宋佳看到明浩探了探头，透过窗帘的缝隙打量了她这边一眼。她想，明浩妈妈一定是在对明浩说这样的话，对面窗口的女人要不是神经病，要不就是小姐，千万不要着了她的道，好好专心你的自修！

天哪，她哪里是在拉窗帘，简直就是在揭我的脸皮！宋佳感到莫名的羞辱。

她很失落，于是也赌气地拉起了窗帘，用以回应。宋佳躲在窗帘后感到从未有过的委屈，眼睛都湿了，但还是忍住了。她静下来反思自己的行为，发现自己好像真的是做得有点过。她不该这样的，尽管风景很美，但克制是一个成人的必须。她必须纠正自己的行为。接下来的日子里，宋佳按捺住性子不让自己靠近窗口，也早早地拉起了窗帘，窝在自己的房间里。她不想让人瞧不起，说到底，自己是一个本分的女孩。

这天傍晚，小丁礼貌地叩门而入，还是那般有意无意地扯皮。宋佳知道这个人想追求自己，每个男人都幻想着把漂亮女人抱上床，一件一件地扯掉她们的衣服，这才有了二奶、小三的生命力。可宋佳是个传统的人，她只想着把初夜留给她的老公。所以，男人在宋佳面前再怎么赖皮，她都不会当真。宋佳敷衍着小丁，这个时候突然传来了琅琅的琴声。她马上想到了明浩房间的那架黑亮的钢琴，它终于被这个安静而帅气的男孩唤醒了，琴键被灵动的指腹敲打出优美的旋律。她不顾一切地拉开了窗帘，再一次靠近窗口，观望她的风景。宋佳看到明浩不住地在耸肩甩头，他陶醉在音乐的意境里，张扬着收在心底的激情。他忘我地弹奏着，一曲紧跟一曲，居然让她这个五音不全的人也听得手指发痒，忍不住在栅栏上来回地滑动，仿佛这不锈钢的防盗窗栅也成了那充满魔力的黑白琴键。

真好听！

突然，宋佳的身后传来了一声赞叹，那是小丁的由衷之言。宋佳才意识到小丁正在她的房间闲扯。她心说，你也只能幻想了，要是你有对面的小伙帅气，有他那样的才气，姑奶奶今晚献身都甘心。

宋佳忽然觉得这样想又不对，多少女孩在别人的帅气与才气面前丢了魂失了身，她怎么可以改变初衷呢！她说过自己要守身如玉，在那个人到来之前，在步入婚礼殿堂之前。

今天是个什么日子？明浩居然有闲暇打开钢琴来弹奏，哦，大概是五一长假让明浩有了喘息的余暇吧。是的，今天是五月一日，小区里一派过节的景象。宋佳觉得明浩不弹钢琴实在可惜了，繁重的学业让一个个男孩和女孩失去了天性，失去了乐趣，非得要以学习成绩一拼高下，但那些真有成就的人却很有可能是那些不读死书的人，至多也只是读好了一门两门学科的人。

人不必事事都优秀，能做好一件事就行。找到一件喜欢做的事，活着就多了些奔头。宋佳想着，偏过头看了一眼小丁，心想，小丁也不是一无是处，譬如今天，他可以陪她一起站在窗口看风景，那样对面的老沈夫妇就不再认为她是个神经病。

宋佳为找到了解救的法子而会心地笑了，可小丁一脸的不解。宋佳不会跟他点明，只要以后他能陪她看风景，打消了老沈夫妇以及其他住户的疑虑就行。

4

宋佳知道，过了八月的酷热便会迎来九月的秋凉。但她没有想到的是，这个九月却是抹去她风景的季节。因此，她痛恨这个九月！

对面的窗口夜夜暗黑，宋佳的风景突然消失了！就在九月不紧不慢来临的日子里，她搜寻着答案，可是对面的客厅里却只有一对做瑜伽的老鸳鸯。老沈与沈太太真是一对默契的夫妇，一个金鸡独立的动作就能让他俩伫立良久。开始时老沈总是难以维系他的平衡，弯曲的一条腿时不时地滑落。而沈夫人却已渐入佳境，足以胜任老沈的教练。但老沈并不气馁，数日后也有了模样。

宋佳忽然想到了明浩的投入，这份投入的劲头大概是父母的遗传。在过去半个多月的时间里，明浩的房间没有再亮过灯。这

很反常！她想，明浩应该是考取了某所大学吧，从此成了一名离
乡背井的学子。这么说他读完了高三，经历了高考，接下来是四
年本科的大学生活。也许，也许还有三年硕士、三年博士。她不
敢往下想，也不愿往下想，因为莫名的烦躁已然袭上心来。

明浩走了，她的魂也去了。她重新回到了无聊的臂弯里去。

这些天宋佳总是走神。在洗澡时她总是对着镜子发呆，也因
此发现了新的风景，那风景便是镜子里的自己，而镜子则成了
窗口。

宋佳洗澡的时间越来越长，确切地说，宋佳在洗澡时留在卫
生间里的时间越来越长了。她对着镜子以欣赏的目光察看着自己
的身体，胸、腰、臀，真是完美的组合。有时候她这样想，她
真的应该感谢给她生命的父母。但老家的人说其实她更像她的
奶奶，那么，年轻时的奶奶也与她一般的婀娜，一般的顾盼有
神喽！

宋佳继续她的自怜自赏，日复一日。这也注定小丁有了一
个香艳的夏季。看就看了吧，就当是一个女室友给他发的福利。
宋佳懒得去理会这个邋遢的偷窥者，她有自己镜子里的香艳的
风景。

有一次，宋佳正与镜子里的风景缠绵，突然觉得那被雾气笼
罩的镜面果真显现出明浩的那张安静而帅气的脸，她兴奋得颤抖
起身子，彻底沉浸在一场窒息的缠绵中。我不洗澡了吗？还是已
经洗完了？我在里面究竟待了多久？宋佳想，有时候她真的弄不
清楚这些！

但小丁是不可能让她在卫生间待太久的，因为当他真的无

法忍受憋尿所带给的窘迫时，他宁可放弃欣赏宋佳的香艳。也许，他看得腻了，得出一个早晚会得出的结论：女人的裸身也就如此！

他敲响了门，说："小宋，差不多了，照顾一下老丁我，都快尿在裤裆里了！要不然，出了事你替我搞卫生，如何？"

宋佳心里咒骂着小丁，臭男人，看腻了姑奶奶的身子又装起柳下惠来，臭不要脸！

5

"一根白发预示着什么？"

小丁错愕。

"衰老呀！"你以为还有更复杂的答案吗？有些人就爱把问题弄复杂了，譬如一加一等于几这个老套的问题，总有那么些个聪明人被简单唬住。

小丁再一次错愕。明显地，小丁被宋佳的自问又抢答弄得张口结舌。

但宋佳不可能对小丁阐明心中的真实感受的。对于一名二十刚出头的女孩来说，一根白发意味着什么，那简直可以用恐怖来形容。

也许，是上夜班的代价吧。一份难得的工作总是要付出一定的代价的，宋佳这样为自己寻找着借口。但她更清楚，另外的一种可能更接近成因的核心，那就是对失去的风景的累月的思念。一根白发带着岁月的感伤在她耳边吹响了衰老的风笛，使她从镜子里的缠绵里时不时地切换成对瘦削的音容的静默注视。宋佳开始与镜子里的自己对视，她审视着自己的乳房是否依然坚挺，是否如第一根白发的悄然潜伏而产生了下垂，那曾经富有弹性的肌肤是否依然饱满，她的滑肩、蛮腰、圆润的臀部，是否风采依旧？宋佳觉得有必要每天检视一下自己了。她对视着镜子里的自己，拉直了那根白发紧贴住镜面，发现苍白在慢慢晕开。突然，镜子里的裸体在干瘪、在褶皱、在扭曲。她尖叫一声，那里面分明是奶奶！

"奶奶，你来干什么？"

奶奶的嘴翕动着，但她一句也没听到。

她见过年迈的奶奶苍凉的躯体，生了一对干瘪的乳房，它们收缩成秋风中留种的丝瓜壳的蒂部，那是她童年的一次撞见。父亲让她提着钿斗篮，那里面装好了刚碾的米，而目的地则是村西的奶奶的住处，说："丫头，奶奶的米快没了，你送去。"宋佳愿意走这一趟，因为奶奶收了米后不光会夸她懂事，还会塞给她几分钱。那是奶奶赚得的念佛铜钿。宋佳不但可以拿着钱去买水果糖吃，还可以买橡皮筋、小头花、铅笔等。可是，当宋佳推开了那扇虚掩的门时，见到的却是一具褶皱的躯体挂着两只干瘪的乳房的苍白景象。她撞见了奶奶正在擦身子的一幕。

为什么要让一个年幼的我这么早就看到自己的未来？那时候我连乳蕾都尚未萌生，我只知道母亲的乳房已开始下垂。奶奶的现在就是母亲的将来，可那也是我的将来！

现在，我居然为我的风景付出了这般的思念和昂贵的代价！白发过早地造访了我青春的头颅，我是否值得？

宋佳挠头捶胸，问着镜子里的那个自己。

"小丁，别敲了行不？像敲丧一样没完没了的，就在门外憋着！"

其实宋佳心里还追骂了一句：姑奶奶的身子，你看也看腻了，现在连上个厕所都越来越等得不耐烦了吗？往日的投入都去了哪里？唉，她叹了一声，说，丢了，风景丢了。

小丁回到自己的房间里，砰的一声关了门。关门的重手传递着他的情绪。是的，她对于他，不过是一具中看不中用的裸身。他知道只能看她的身体，却绝无触摸的可能。一扇心门，只留给他一个窥视的小孔，他根本没有闯入的可能。如果、如果自己能收缩成一缕烟，倏忽地钻到里面去，透过那锁眼的胶带缝……

这些天宋佳想了很多，也理顺了一些思绪。

她决定离开，去寻找新的风景。但在离开前，她须做两件事，一件是与小丁摊牌，一件是最后看一眼明浩。

6

小丁，我不可以成为你的新娘。你，总会找到生命中的守望。

为什么不可以？

为什么？！非得要我说出口吗？那好吧。你与我一样的贫穷，一对租客怎么可能构筑起来的爱巢？

宋佳与小丁的谈话以冲突告终。其实，这样的结局早由谈话的内容所决定。

也好，该说的总是要说明白的，该发生的碰撞总会到来的。

宋佳不在乎小丁的感受，说到底，他于她不过是一个没有风景可看的租客。原本，宋佳只适合于活在他的幻想里，如同明浩只能活在她的幻想中一样。

快过年了，宋佳已经决定春节前后离开这个公寓。

她渴望再见一次明浩——她的风景。她想，寒假也快到了，明浩一定会出现在对面的窗口。

她开始准备着与风景的重逢。一丝疑虑掠过心头，她是否该向她的风景表示些什么？一般来说，告别需要一种仪式，而仪式需要一种载体，她写下了一首告别的诗。说起来这是她平生第一次写诗，她不知道这几句排成了诗的样式的文字能不能算作诗，但是她知道，诗是用来抒怀的，其实好与不好从功能上来讲并不重要，宋佳这样认为。她是这样写的：

我的风景挂在窗前 / 但我只是一个风景的过客 / 到过看过，只作片刻的停留 / 每一处风景里都曾经有过眷恋 / 定格时，却又杳无踪影 / 窗与窗之间如同隔世的尘缘 / 风景依然 / 但看风景的人却已走远。

她把这些话写在了一张粉色的纸上，然后折叠成一只棱角分明的纸飞机，静候着明浩的出现，用以放飞。

在一个漫天飘雪的日子里，明浩出现在他的房间。他没有拨动琴键，更没有注目窗外，只是抽出一支洞箫，吹出悠远的曲调。在这肃杀的茫茫的雪天里，饥饿的城市雀在空调墙孔的巢穴里无助地啾鸣，每一次徒劳的觅食只会消耗一分行将殆尽的飞翔的意志。乐师悲悯起神色，不堪钢琴的喧闹，箫孔吹出的是满目的苍凉。

一只纸飞机穿过飞舞的雪花，飞入房间，平稳地歇在案台。

一个女租客拖曳着拉杆箱，紧裹起羽绒衣，悄然地离开。

箫声停了。女租客的脚步缓慢了下来。她再一次陷入了幻想。

一只纸飞机飞向雪地，飞向行人，飞向一个拖曳的背影。满天的雪花飞舞着追随而去，牵出了一曲送别的箫音……

向右转

一个理财公司的培训师离开城市，去野外徒步，不慎落入一个猎人铺设的陷阱里。那些曾经令他厌倦的市井生活，在身处绝境后又重新勾起了他的留恋。挣脱困境的意念，在无法战胜的饥寒里溃败。小说以单个人物的遭遇，通过手机铃声猜想不同时段的来电者，展开想象，跃然纸上的是向左转或向右转的中年危机。

占领光复路口的是一座座金融大厦。

它们的设想者都具备了彼得一世的战略眼光，而他们贪婪的目光投射的不是欧罗巴大陆，是光复路上无数行人的口袋。

谁都想着丰盈自己的口袋，而理财师是丰盈口袋的魔法师，我便是理财师中的一员。

我不需要设计产品，那不是我的专长。我的任务是推介，因此，我必须吃透每份产品的精神。我的推介现场也不是窗口，无须与客户面对面。何况，我也不适应与那些熟识的与不熟识的客户打交道。我的口水喷洒在讲台上，而下面坐着听我讲解的，才是坐镇各地窗口的一线理财经理。

不讲课的时候，我会不紧不慢地走在光复路上。我是个懂规矩的人，步行靠右边的人行道走。虽然，我在步行的时候总爱看路左的风景,但我清楚,那必须是拐个弯才能亲近的事物。走到光复路口的时候,我会面临着向左转或向右转的选择。照例,我还是会向右拐弯,我说过我是个懂规矩的人。一直往右走,我会走到下一个十字路口——中山路口。其实每一个路口并无新奇之处,占领路口的还是那些金融大厦。不同的是,十字路口延伸下去,就完成了一个"井"字的书写结构。乔城被无数个"井"字所占领。

许多时候,我便沿着这个"井"字在兜圈子。而我口中默念的,就是一个"右"字。我想起了爹扶犁的情境,挥着鞭喊着"犁铧、犁铧",那头老水牛顺从着爹的意思,犁完一块又一块的田地。如今,我喊着一个"右"字,硬要挤进这拥挤的城市,过的却是高楼下的井田式街道的放牧日子。

我讨厌那些拥挤的高楼。由于它们的存在,把我的生活嵌入了这个"井"字里去,像一枚阴刻的印章。而我只能游走在那一条条的刻纹里,陷入印泥而不能拔。我不敢抬头仰望,何况,仰望之所见,也不过是被高楼同样挤压后的一小片天空,与我脚下的路没有多大的差别。

我只是一头会犁田的牛。一仰脖子,又变成一只陷入井里的蛙。

也许,离开乔城可以跳脱这深陷的井。而乔城的郊区,尤其是山区,有着一览无余的好视野。

我喜欢"跳脱"这个词。当我想到它时,我会马上付诸行动。此刻,我正"跳脱"在去往一条无名山梁的山道上。据说,一条古道压着山梁的脊背而过,沿途有着美不胜收的风光可供撷取。

对我来说，有没有风光并不重要，重要的是跳脱了那一汪汪深陷的城市之井。

有一种向往，叫作站在高处嘶吼。此时，大地被你踩在脚下，而万物只能向你做出或仰望或俯首的姿态。没有深陷，没有挤对，没有左与右的规矩，你如同站在一个球面之上，任何一个转身，都是你迈开步子的铺垫。爬上山梁，这一切就可以实现。我开始讨厌起绊脚的石块，踏上了重霜打压后的衰草，步子急骤了起来，粗重的喘息是一路前行的伴随。

山梁就在前方，我内心无比亢奋，一脚踏在了一片浓密的草地上。我想过有意外，在野外徒步，怎么能不把意外考虑进去呢？但我没有料想到这种意外此刻发生在我身上。我的身子随着那伸向草地的一脚做出了一个前扑的姿态，鞋底所踩之处竟是那么发虚。在我身子倒下的过程中，我伸出手去，试图去抓住不远处的一棵小山松，但伸出的手却意外地抛出去一样东西。

我掉入了一处陷阱。这应该是为一头成年野猪准备的，深度接近我身高的两倍。而刚刚抛出去的，正是我的手机。

现在，我真的需要用上嘶吼了。我马上翻身坐起，做声嘶力竭状。我所有的呼救透过陷阱那不算宽敞的开口，被山梁的空旷粉碎。而我赖以与人联系的手机，却被我抛在了陷阱口的不远处。我是不是应该骂上几句？我想我是骂了。至于骂了些什么，骂得有多难听，一点也不记得了。我当然也蹦跳过，幻想着能抓住些高处的物件，顺势引领身子上去，逃离这一处猪待的地方。

一切的努力都是徒劳。我向往的"跳脱"完败于万有引力。真没有想到，跳脱出光复路后，我却掉入了另一种深陷。不甘，是我接下来的心情。之后，绝望随着夜色笼罩了井口的那一小片天空。我开始担心起黑暗里的险情，一些知名与不知名的生物，会在夜幕扯起后活跃起来，如同我小时候看过的黑白电视中的动物片《不平静的夜晚》。摸索中我搜寻起背包里的物什，对光明的渴望胜过了平息肚内的暴动。没有手电筒，这年头自从有了手机后，谁还带手电筒？可此刻，携带了手电筒功能的手机就掉在了手够不着的井沿口。怎么办？我渴望光明，它可以帮我驱散恐惧与危险，让兽与虫子无处遁形。据说遇上野兽，你只需把手电筒的光柱打在它脸上，它就会发蒙。自然，没有手电筒也无妨，只要有火，任何野物都对火充满了敬畏。打火机？我一个不抽烟的人哪来此物！击石升火？钻木取火？我似乎要重回一万八千年前的生活，可在这个潮湿的陷阱里哪来的石块、木棍与干草！

我瘫倒在一口绝望的陷阱里，闭起了眼睛。睁开眼，只能看到一小片青灰的天空，月光没有要投射进陷阱的意思。我逃脱了城市的藩篱，却把所有的眷顾也留在了市井。

最先找上我的不是饥饿，而是寒冷。虽然，我穿着冬衣，但夜寒紧随着暮色逼近。何况，我受困的陷阱阴冷潮湿，让我坐立不安。静谧里我听到了牙齿互叩的咯咯声，身子不停地打起寒战来。接着，喉头止不住地放出声来，一种呵呵声与咯咯声竟汇成了和音。仿佛，我停下了这种呵呵声，会在沉寂的山野里埋葬自己。我开始猜想着猎人回来巡视的时间，因为，我觉得自己只能坚持 24 小时的饥寒。我把所有的杂念驱赶走，在静默里竖起耳朵，倾听猎人的脚步声。慢慢地，时间对于我来说已经模糊，星斗无法告诉我时针的指向。

　　一个激灵，中断了我的震颤。我听到了一阵熟悉的铃声在头顶响起，等来的是一个熟人的电话，那一定是个熟人，我敢肯定。谁会在这个时候询问我的处境？

　　我想到了一张脸，这张脸写满了丰富的表情。恬静隐没在记忆里，话痨成了一种常态。不知从什么时候起，她的表情开始夸张起来，动不动就拉高嗓门朝向我。是她觉得男人已经离不开她了吗？或者是离不开她的厨艺？我讨厌一个妇人的呼噜声，正如讨厌一个妇人身上增厚的赘肉。这个时候，电话那头的她一定拉长脸了，就算是我接不到电话，也能想象到她的吼声。是的，过了饭点了，她的男人为什么迟迟不推开家门，这不是找骂吗？这个天好像变得有点过分，许多男人败于自己的怯懦。很多时候，我忍不住想问她一句：难道推开家门的男人是来看一个妇人的脸色的吗？男人可以在单位挨领导批，但不可以回家听妇人的骂语。

　　什么时候起让她觉得我是可以被数落的？这个问题像幽灵一样游荡在我的脑海里，直到我想到了她那双鄙夷的眼神。

　　那眼神出现在一次热吻里。过程很老套，相拥，唇与唇自然地压在了一起。我的想法是只需轻触，点到为止，那样可以让一种亲昵保持画面的美好。但她有了另一番表现，让我吃惊。她伸出了一撮舌尖，试图探入我的口腔，我一歪头，把唇移向了一边。她终止了这次亲密，然后表现出一副鄙夷的表情，附上一句：竟然这个都不会！

　　我当然会！但我不想，觉得那样很不讲卫生。至于那个动作叫作"舌吻"，则是后来的事了。但我已经改变不了一种看法——老土。我没想到会在这件小事上败下阵来，落了个"老土"的坏印象。似乎，妇人一下子感觉自己高大上了起来，并助长了她的气焰。她开始变得主动，一只手游走在可以探索的任一处方位，而最终抵达的是同一个目的地。更可气的是，当手够不着的时候，她居然用上了脚，像踢一柄熟地根一样来回摆动。而情绪随着她脚上的力量，呈现出逐步高涨的势头，一种召唤在耳边时近时远，指向一处深陷之井。

我看到了两个久未爆破的大泡泡，一个书写着大平方，一个书写着理财。妇人嚷嚷着要通过一个泡泡去实现另一个泡泡。她摆弄着几本存折，缠着我讨教理财的方略，想以此实现"大平方"的敞亮梦想。这可真的为难我了。妇人竟然要把自己发展成为我的客户！她竟然相信了我的鬼话。可我深知那些似乎明面上有利可图的理论，都是哄那些理不清头绪的客户的，他们中大多数人搞不懂年金、现值，有些甚至连年金、现值这两个词都没听说过。但他们竟然连一个最简单不过的道理都没搞明白：不会算账的终究要输给会算账的，何况，我的背后是沪上财经大学毕业的精算师团队！我不能坑自己的妇人吧，那不等于坑了我自己！

我对妇人的拒绝总在讳莫如深里，这让妇人颇生了些哀怨。她的头颅总是仰望那些高楼，脚下的步伐往往散乱，成了"仰头族"，那里有她的一个大平方的大泡泡。我清楚，她也深陷于那些城市之井。

女人生来就爱仰望一些事物。我熟悉这种被仰望的感觉，在我的课堂上。而当我走上讲台的时候，我保证完全像是换了一个人似的。这个时候的我，大概已经成了另一个让学员们仰望的大泡泡。

我对数字有一种天生的敏感性，关于那些本息的计算，领悟得很快。但并非所有人如我这般学来轻松，尤其如年金、现值这些指标，台下听讲的学员中总有不少听得一头雾水。我从他们散发着迷惘的眼神中洞悉了内情，他们有些人甚至连课本后的系数表都不知道如何运用。尽管这些人中不乏认真听课勤做笔记的，但经验告诉我，这些个勤快的人大都归入于笨鸟之列，坐在前排的蒋胜男便是其中之一。

为了提升听课的效果，她特地选在了前排的位置。但从她一脸的迷茫里，我了然她内心的煎熬。按理说，一个理财经理只需把客户拉住，收钱填票，双方也就完成了必备的程序。但是，只会数钱与开票显然不是一个合格的理财经理。因为顾客会提出一个个关于收益回报的提问，你得帮顾客一次次地计算，而顾客在一旁做着利弊的权衡，最终做出投资与否的决定。

很显然，蒋胜男把我当作了她的"救世主"。在课余，她反复地要我重复讲解材料上的例题，看似频频点头，实则没有跳出过心头的雾水。说老实话，她真的有点笨，而且有点胆怯。但我觉得女人还是笨一点的好，因为可以培养男人的成就感。蒋胜男的脸上架着一副宽边的眼镜，让我记起"好声音"里那个唱爵士乐的四川女歌手，有着杜拉拉的外表，浑身散发着一种慵懒。在讲完课的时候，教室里一片做习题的笔尖沙沙声，这个时候最空闲的是我。我会抑制不住自己的目光流转，时不时地落在蒋胜男那翘翘的鼻尖上。无数次，这个勇敢的鼻尖领受我的口水，在聆听我的讲解时，首当其冲地挺在蒋胜男身体的最前方，像是要抵住我身上的某处隐秘之地。而我在心里无数次弯起我的食指，伸出去刮在这个勇敢的鼻尖上。

培训班的日子总是设定了一个结束的句号。结业后的蒋胜男经常出现在蹭课的行列里。离开了课堂之后的蒋胜男显得很胆怯，只会发些微信的问候。她从不打电话，白天的微信大都是一些求助。那时的她，一定在与顾客相对而坐，悄悄地把算不了的产品拍了照发给我，让我帮她计算。到了晚上，在我大约坐在电脑前的时刻，她会发来温馨的问候。

对了，这个时候应该是她发问候的时刻。我分明地听到头顶的手机发了一声提示音，那便是我熟悉的微信水滴提示声：咕嘟嘟。咕嘟嘟，又是一声。然而，今天的我却无法做出回复。蒋胜男一定在那头等着我的回应，而我却在一个陷阱里等待下一个微信的提示音。

我知道，等不到回复的蒋胜男一定会继续发来询问，我却给不了她受困的信息。如果要发出求助，我会向谁？

头顶一阵急剧的响铃。如果我能按下免提键，你一定能听到一个轻柔的声音。这种轻柔可以化解我一天的疲倦，但如果时间不对，它会令我莫名地紧张。

她怎么可以在这个时候打电话给我？难道她不知道这是晚间！这个时候，我要么在吃饭，要么饭后在陪家人散步，或者，已经坐在电脑桌前。总之，我身边有人，就连一声短信的提示音，也会引起妇人的好奇。促使蒋胜男拨通我手机的，一定是因为我今天晚间的那场讲座。根据公司排定的培训计划，我每周三晚上有一个讲座，只是，这一次我突然请了假，却忘记了向蒋胜男说请假的事。我对这种理财课已经失去了最初时的热情，我觉得自己的课似乎已不如先前的生动，那几道年金与现值的例题讲述得从未有的生涩。唯一让我欣慰的是，我总能看到坐在教室后排的一个身影，陪伴着我。我知道蒋胜男仍然没有搞清楚年金与现值的计算，她试图以补课来解决，但我与她都看不到解决的希望。到后来，她的旁听成了我讲课的一种元素，每当看到后排的她，鼻梁上架着的那副宽边的眼镜，萌萌地注视着讲台，我才会定下心神。

她是最后一个离开教室的，每次都是。没有人会注意到后排有一个同学落在后面。然后，我们俩会同时站立在电梯门口，一起离开 18 楼的办公区。出了电梯，她会陪同我走完朝阳路的一段林荫道。再后，我们会直面光复路口的十字岔口。每次我们都会在岔口分手，她的家在右边，我的家在左边，指向不同的去路。

人到了路口，总是要分手的。我决定不回头，每次都是。我觉得回头是一件荒唐的事，光复路上灯火通明，蒋胜男的家就在三百米后的那个小区里，无须担心。但朝阳路的那段林荫道似乎灰暗了些，尽管也有路灯，只是浓密的树丛挡去了大部分的灯光，使一条原本不算开阔的马路在忽暗忽明里延伸。那是蒋胜男挨得我最近的时候，她如一只对黑暗充满了不可预知的恐惧的小动物，紧挨在我的身边，让我产生一种恍惚。很多次，我带着恍惚前行，到了光复路口的时候，忘记了向左或向右的选择。蒋胜男向右转时，我居然一起步上了她去的路。我说过，步行应当靠右方的人行道。

蒋胜男也不是每次都会提醒我："沈老师，你走过头了。"一直要到我走到她的小区时，我猛一抬头，才发现这个楼道并不熟悉。当我转身想离开的时候，身后会递过来一句话："上去坐一会儿吧。"

我怎么可以去一个单身女子家里逗留，何况又是在晚上？

"你不敢上去？"蒋胜男露出一副带着挑战的神色问。

"我为什么不敢？"这个时候，我一下子又变得很自信。

我真的进了她的家门。她是一个爱清洁的人，客厅的吊灯华丽亮相后，我看到肉白色的大理石地面泛着晶莹的光泽。不容置疑，裸足踩上去，脚板不会有尘土的涩滞感。在这样的地板上行走，我更倾向于不穿拖鞋。

离开蒋胜男家是因为我的手机铃声不合时宜地响起。

我走得很匆忙。同样，我近乎以飞奔的姿态掠过光复路，回到自己的家。女人没有说话，只是盯着我看，目光距离我的身体不足一尺。她似乎在寻找什么，我确信脸上没有什么可看的痕迹，而身上……我真的不能确定，不能确定我的外衣上是否留有什么不应该有的事物。

女人用手轻轻掸了掸我的肩头，似乎很期待掉下一根细细长长的纤维。但最终还是没有拈起手指来擎到我的面前责问。她斜睨着我，问："几点了？"

我抬眼看了看客厅墙上的挂钟，用手指了指，意思是：时间不就在那里吗？明知故问。

"为什么比平时晚回来半小时？"

是啊，为什么？我在心里也问自己，可嘴上得回答点什么呀。

"下了课，感觉肚子不舒服，在公司卫生间留下了点东西。"

"上大号？你肠胃一向很好的呀。"

是，我肠胃一向很好的，基本上早上起来在家里解决问题的，怎么就不舒服了呢？我急急地说：

"一定是吃了不干净的东西。是不是咸蟹出了问题，你腌制得不到位？"

"又不是没蘸醋。"女人说完徐徐地转身，顾自坐在了她的电脑前，不再理睬。

"也许，现在的米醋不够酸吧。"

我倒吸了一口气，发现一股子带了凉意的酸味马上钻了进去。耳朵里再一次听到了自己的呵呵声。我感觉想尿，掏出那根来，却又没尿上几滴，倒是临了的那记寒战惹了事了，似乎那最后的一滴尿液抽走了我身上负隅顽抗的最后一分热量，身体紧绷的各块肌肉一下子松垮了下来。啪，我一下子坐在了潮湿的井底上，脊背靠在了冰冷的井壁上。

我听到头顶的手机没有了响动。蒋胜男一定知道此刻的我不方便接听。除了在做计算题时她找不到方向外，其他方面她还是处理得比较得体，是一个能把握分寸的人。

是的，蒋胜男是个能把握分寸的女人。其实，她比我更早发现尾随者。而且，尾随者不止一人。

朝阳路的树荫可以阻隔夏天的日头，深得路人的青睐。到了晚上，路灯照在树冠上，经过婆娑的树叶过滤，路上越发显得光影斑驳。这样的天然条件自然也就成了步行的好去处，走在上面，一不留神，你会撞上一对相拥的恋人。你不能怪人家的投入，也无须表达你的歉意。我这人步行时不太关心身边的事物，目光总是落在路的对面。蒋胜男总是被我的猛撞逗乐，我会听到她的窃笑。笑过之后，我发现她的身子挨得更近了些。但有一次她突然挨过来对我说："我们后面有人。"

我们后面自然是有人的，朝阳路上除了树，就是人了。

"我们后面有一个大皮球在滚动。"蒋胜男补了一句，我马上领会了她的意思。

今夜我不能拐错了弯了，在光复路口，当蒋胜男向右转时，我得向左走。因为，一个讨厌的皮球就滚动在离我们大约十米远的身后。

当我正要向左拐的时候，一只手从后面伸过来拍了一下我的肩头。我没有回头便知道是大皮球撵上了我，他想表达什么？他居然想到了坏我的好事！

"你有话快说，有屁快放！"

是的，我就这个态度对待他，他能炒了我？炒了我谁顶我的班？现在就缺好的培训师，何况我是个资深的。

"说什么呢？我来接你下班也不行吗？"

我一听这声音吃惊不小，居然是个女人的声音。难道，她也学着大皮球来跟踪我？她会是第一次跟踪吗？

我不能不回头了。但我得故作镇定，装作很意外的样子。确切地说，我对在光复路口遇上我老婆的确很感意外。我想，大皮球与我老婆怀着同样的目的，使用了同样的手段，只是为了看我有没有跟女学员散步。

自那以后，我与蒋胜男的散步距离被压缩到朝阳路口，在拐入光复路口前,我们必须保持一定的间距,一前一后地行进。到了光复路口,我的头脑很清醒,我得向左转,不能再装糊涂。

但这样走路岂不是很无趣。我对下课后的憧憬一下子被上课时的无聊所侵袭。朝阳路的树荫短了些,而光复路口的拐弯决绝得近乎残忍。等我与蒋胜男分开走后,只剩下头顶的月亮追随着我。自然,月亮也窥视了我的心迹。光复路口的高楼借着夜色之势挤压下来,让我在做出向左转或向右转的选择时,增添了几分心堵。

今夜,我头顶的月亮再一次窥视着我,我被无边的黑暗挤压着。我的四周是一片圆形的空间,无论是选择向左转或向右转,我都会走到同一个终点。我所有的努力,都只是一种原地踏步。如同行进在光复路口,向右拐或者向左拐,其实都是绕着一个井字的内核在行走,逃不脱绕圈的贫乏。而高楼始终挤压着行人,把行人摁在由建筑合围的井底。

让我坐下吧。我清楚自己脚下潮湿的泥土不是蹦床,就算再怎么蹦跳,双手也够不到井沿。我与井口窥视的月亮的距离,不会因我的蹦高而拉近,因此,我掏不走月亮偷走的所有心迹。月亮的心里一定也装了个蒋胜男,它偷走了蒋胜男对我所有的好。

今晚的月亮是满月,圆得像皮总那恍若滚动的球状身躯。他挤出的笑意像模具一样总是收不回去,可我清楚他在朝阳路上尾随的心思。如同那狡黠的月亮,他心里应该也装了一个蒋胜男。这让我心里一直很堵,自从蒋胜男提醒我们身后尾随着一个大皮球之后。而皮总似乎变着法地想从我的心里掏走我怀揣的蒋胜男,他总是在你意想不到的时候打来电话,跟我东拉西扯地谈工作。

头顶上的铃声骤然响起。这个时点的电话应该是皮总无疑。自从被我们发现他在尾随之后，他最大的变化是不按常理打电话。他跟你谈工作，但不管是不是休息时间。我猜想他打电话的意图，不过是想追踪我与蒋胜男的行迹，看我是否与她正走在光复路口向右转的路上。他自然并不关心我们在路上走的过程，而是关心走完那段路之后。

显然，蒋胜男跟我总是有走不完的路。这从下了课之后，她在教室等我一起去坐电梯的情形便可得知。而皮总如果要了解接下来的事，只有选择尾随。尾随之余，便是打扯皮的电话进行实时干扰。

我说我忙着。意思是就此想挂了电话，没有工夫与他闲聊。可他总是追问，那你都忙些啥？我在忙啥能告诉你吗？我在心里这样回复，但嘴上不能。我说回了家，自然与女人在一起，都是些家长里短的琐事。

这会儿，电话那头的皮总一定很着急，因为他等不来我的接听。我不接听，他便越是想打通这个电话，于是，拼命地呼叫。可我连骂一句脏话的力气也已经消耗殆尽。他不会了解一个饥寒交迫的受困之心，我心里在乎的是那仅存的电量就此被他无休止的呼叫耗尽。如果可以，我真想大声呵斥他：你以为此刻搁在我身下的是女人那温香的肌肤！现在，我的屁股下面是阴冷的地狱。

我的胃里泛着那苦涩的胃酸。它们翻腾着分解食物的需求，迫切之情超出了我大脑的指令。我知道那些液体发着褐黄的菜青色，冒到喉头，有一种烧灼感。当我的全身已呈虚弱时，只剩下它们处于亢奋之中。我的口腔干成了撒哈拉，吞咽时无从寻觅唾液的踪影。当我张开嘴像蛇一样吐着舌头去感受空气中的湿度时，最先搜索到的却是一股子尿臊味。在陷阱的某一处角落，或者壁上，有我在落下不久时放的一泡尿。那也是我今天最后的一泡尿，因为之后我只放过可怜的几滴。我后悔那么仓促地让它们从我身上离开，根本不考虑之后的脱水。

现在，这泡从我身上匆匆离去的尿又有了另外一种害处，它让我越来越受不了那股臊味。再说，我也分不清这股臊味是自己的，还是猎物先前留下的。那个该死的猎人是不会管这陷阱里的卫生状况的，他没有预设过会掉进去一个大活人。

头顶的手机铃声有一阵子没有动静了。我想，那残存的电量应该是被该死的皮总打完了。月光似乎偏斜了些，而我的身子终于再也不能坚持，歪斜在井底，脊背靠着冰冷的井壁，连我的脸都贴在了冰凉潮湿的泥墙上。我对时间逐渐模糊，只是，在井里折腾了一晚，我身体最大的出口处提前有了反应。一般，这种感觉要在我起床前才会有，那时候天已放亮。但今天不同于往常，我开始有了想倾空的感觉，怎么办？

我怎么能忍受一坨屎与我在狭小的空间里遭遇，而这个遭遇的始作俑者竟然是自己。我不能接受这种结果，我一向是个讲卫生的人。

憋着吧。一个声音在告诫我。

最好的憋应该是忘却。我想到了用睡觉来忘却身体出口处的意动，于是闭上了眼睛。我努力让自己睡去，也许是真的有点倦了，我居然很快听到了自己的呼噜声。是的，我在睡着的时候有时能听到自己的呼噜声。

你是想说我打呼噜了，对吧？

这一句问，我不止一次地向自己的女人说起过，在睡着以后。自然，说这句话时我大都处在侧身调整睡姿时。

现在，我躺在一个陷阱里听自己的呼噜声。听着听着，我的呼噜声在逐渐远去，而我的脚步居然来到了光复路口。

我看到路口有三个人在争吵。走近一看，却发现是皮总、蒋胜男和我的女人。我感到很奇怪，这三个人为什么会吵作一团的？但无论是什么原因，我都应该制止他们的争吵。因为，他们都是与我相关的人，在路口争吵怎么说得过去！

奇怪的是，他们对我所有的劝说居然充耳不闻，似乎根本没有看到我的存在。他们是没听到我的声音吗？还是没有看到我的身形？可我对他们的每一句话都是那么清晰。

"你还我老公！"

这是我老婆的声音，她的嗓门最响。她朝向的目标是蒋胜男。

"你老公是谁？"

蒋胜男这样回答是对的，因为她从来没有见到过我老婆。她表现出一脸茫然，是的，我也不在她那里呀。

"就是给你讲课的沈老师啊。"皮总在一旁作着提示。

"我又不知道沈老师去了哪里。干吗向我要人？"

蒋胜男显得很无辜，她反问起我老婆来。

"他不是跟你走了吗？"

还是皮总的帮腔。显然，是皮总向我老婆提供的相关信息。

　　那么，这次街头的争端，应该是皮总唆使的。或者，是皮总伙同
我老婆，要蒋胜男难堪！这个皮球，他究竟怀了什么意图！

　　我很想听听蒋胜男是怎么应对这咄咄逼人的街口要人的，那
样，或许她能记起我的存在，往身后一指说："沈老师不是站在
你们身后吗？"

　　是的，此时我就站在我老婆的身后，可是她就是看不到我，
也听不到我的劝解。我向蒋胜男打着手势提醒着，想让她看到
我，但她接下来的举动却让我大为意外。

　　她露出了一副惯常的慵懒，很不高兴地把手拍了拍她的手提
包，对着皮总和我老婆说：

　　"是我把沈老师藏起来了。本想跟你们开个玩笑，没想到把你
俩给急的。好吧，我就把沈老师叫出来吧。"说完，她又拍了拍
手提包，对着包说：

　　"沈老师，是你自己从包里出来呢，还是我把你掏出来？"

　　她的话音一落，皮总与我老婆居然对着包齐口说："出来吧，
遮遮掩掩的，你想瞒到什么时候？！"

　　我听了后非常吃惊，难道蒋胜男的包里真藏了一个我？我又
为何要藏到她的包里去？

　　包没有动静。我老婆开始有点着急，伸手想去抢包。蒋胜男
手一伸挡住了她，说：

　　"别弄坏了我的包，也别惊着沈老师。还是我来吧。"

　　蒋胜男一伸手，从包里果真掏出一个很小的我，托在她的掌
心递向了我老婆。就在这个时候，意外发生了。我老婆伸出去的
手没接住，倒是磕着了我的身体。这下可坏了，我一下子从两个

女人的掌缝之间掉了下去。

我看到那个很小的我像一株倒栽葱似的直往下掉，紧张得想冲上前去接住他，可是被皮球挡住了身子，挤不过去，眼巴巴地看着他往下掉。这下完了，我的头颅怎能经得住光复路街口地砖的撞击！这跟从我们家五楼上往下掉没什么两样。

我在遇到危险的时候习惯蹬腿，那样可以协调身体的平衡，进而逃离危险。我拼命地一蹬，感觉头部一阵疼痛，一下了醒了过来。

原来，在我蹬腿之际，我的头惯性后仰，磕在了井壁上。

我伸出手去，打算揉一下后脑的痛处，却意外地揽过一条拇指粗的麻绳。抬头看时，天已大亮，一个声音从上面传了下来。

蓝山咖啡

—位电脑修理工闯入一
名女顾客的情感生活。

门铃响到第七声的时候门终于开了，从里面警惕地探出一颗包着毛巾的女人的脑袋。看样子这女人刚洗完头，正用毛巾吸干长发上的水分。

"修电脑的？那进来吧。对了，拖鞋在这里。"

沈明东说了句："不用，我有套。"

女人怔在那里，看着沈明东麻利地取出一副鞋套穿在了一双新百伦运动鞋外面，才明白过来。

"电脑在哪里？"

沈明东穿完鞋套直起腰来，才看清楚女人的全貌。这是一个三十一二岁左右的少妇，皮肤很好，穿着一件粉红色的睡衣，一头刚洗完的长发被一块浅色的毛巾包裹起来，客厅里弥漫着淡淡的洗发水香味。

"在书房里。"女人用手示意书房的方向。沈明东便径直走进了书房，女人就跟在后面。

"你的电脑主要出现了什么状况？"

"蓝屏。"

"哦，那要重装系统了。"

"重装后是不是数据都会丢失？"

"是的。那是自然。"沈明东歪了歪头，很肯定地回答。

女人闻听神情哀怨起来，在一旁说了一句："干净些也好，可以从头开始！"

沈明东听出了话外音，心想，这，又是个怨妇吧！感情这东西真折磨人，而女人往往太过于执着，有一种奋不顾身的悲壮，最终受伤的还是自己。沈明东这样想还是把女人置于弱势，而忘记了自己不久前被女友抛弃的一则情事。

插入系统安装盘后，有一个较长时间的空闲，沈明东开始打量起这间房子来。这是一间大平方的套房，装修堪称奢华，但似乎缺少了点什么，至于究竟是什么，沈明东一时也找不到答案。

女人没有留在书房，独自在露台忙着晾晒。但透过书房的窗户刚好可以看到露台的全景，沈明东的视线便停留在露台这个唯一具有生气的空间里。露台上不光有花木，有阳光，有充满情调可供小憩的桌椅，更主要的是有女人！那女人被一件宽大的睡衣包裹着，但仍然衬托出优美的线条，而露在外面的两只粉嫩的手臂在阳光下白皙得可以看清楚一条条细细的青筋。沈明东坚持地认为，女人有一身好皮肤是非常重要的，如果自己恋爱，就得找有这样好皮肤的女朋友。

　　沈明东有过女朋友。那是在读大三的时候认识的阿拉伯语系的一位女生，他们好了两年。就在沈明东规划着毕业以后带女朋友回到乔城老家创业的时候，女朋友却跟着一位中东的老外去了迪拜。据说这个建立在沙漠上的城市风光旖旎，有六国城、奇迹花园、帆船酒店以及室内最大的滑雪场等一系列神奇而逆天的建筑与景观，那是富人聚居的天堂，游人向往的胜地。沈明东没有责怪的意思，毕竟，每个人都有选择的权力。我沈明东的父亲只是一位老实巴交的庄稼汉，连在乔城买一套婚房的财力都没有，怎么能留住一颗崇洋女人的心呢？而那个中东的外商在罗城的轻纺市场做生意，在来学校招聘翻译的时候，一眼就选中了这位活泼的女生。沈明东知道校门外的生活充满着诱惑，那不是一个面朝黑板背朝墙的女学生所能抵御的，而生意场即是江湖，水有多深浪有多险更不是一个涉世未深的女学生所能丈量的。当女友提出与他分手的那一刻，他的内心是平静的，他比任何时候更理解"现实"这两个字的含义。

　　现实是什么？现实就是一份高薪，现实就是充满 N 种可能的花花世界。别的不说，光是学校在发给毕业证书之前，先需在"就业登记表"上盖上就业单位的公章这一条，就够沈明东想起来头脑发涨。试问，有多少机会可供几十万的毕业大军选择？

　　沈明东也不知道女人是什么时候离开露台的，一定是在他回忆往事的那段时间里。当女人再次出现在他的视线的时候，手中递过来的是一杯温暖的咖啡。沈明东赶紧说了声谢谢，然后说，再过半小时就好了。女人浅浅地一笑，露出两个迷人的酒窝，说："不急，今天是周六，我白天不用电脑。"

周六不用电脑，沈明东想了想，那么也就是说其他的白天时间里她是用电脑的，她会干什么呢？炒股？沈明东这样想着，一个有钱的女人，白天在家里用电脑，又不用上班，大概只有炒股这一种解释了吧。那系统重装后女人还得装一些炒股软件吧，钱龙金典、融易汇，还是同花顺？反正这些与自己是无关的了。像她这么年轻有文化的人安装一个炒股软件是不在话下的。沈明东这样想。

沈明东离开的时候得到的报酬是一张红币。当背后传来砰的一声关门声时，他的心头忽然升起一股子怅意。好房子好女人乃至好咖啡，沈明东觉得凡是一些美好的事物总是如那声关门响起，断然地与他隔绝了关系，你若回眸，那里只有一扇扇紧闭的门户，最多也是一张张来时热情去是淡然的脸。每一次，沈明东都重复着"两清"的服务，没有亏欠，没有奢望。

一周以后，沈明东正在组装一台电脑，QQ 上跳出一个聊天窗口，一位叫"蓝山咖啡"的陌生网友正在发问：

"你是明东电脑维修部？怎么是'中央处理器'呢？我的电脑又坏了，需要重装系统！"

"你好，我是明东电脑维修部，'中央处理器'是我的 QQ 名呀，请问你的地址在哪里？"

"温馨花园，15 幢 301 室。"

"哦，原来是你啊，我上周不是刚给你重装了吗？好好好，我马上过去。"

沈明东一路想着，这女人是怎么知道自己的 QQ 号的！后来一想，自己不是在上次离开时留了一张名片给她吗，那上面就有自己的联系方式，包括QQ。

赶到温馨花园的时候，301的女人已经开着门在那里等候了。从迎接过来的眼神中，沈明东感受到了女人的着急。

"我不小心删除了一些C盘中的软件，有些软件打不开了，又要麻烦你替我重装一下了。"

沈明东心生疑惑：C盘的程序都敢删，怎么连这点常识都没有？但也许是……故意为之吧。沈明东觉得自己很荒唐，不知道自己怎么会这么去揣测一个少妇的心。但偌大的一间套房住着一个单身的女子，冷清了不说，就是缺少了一种气息。对了，是男人的气息！沈明东终于解答了前一次的疑惑。他在301室滞留的时间里，目光所及，见不到男人的衣服鞋帽，见不到烟灰缸，酒柜上也不见高度酒存放，墙上也没有男人的相片，一切被女人的精致填充了每一个空间，这屋子太过于干净了。重装系统的上门服务也就收她一百块钱，她这么有钱当然是不在乎一百块的，也许这正是她打发冷清的法子。这女子一定是一个人太寂寞了，平日里少了人来人往，以此来增加些人气吧。沈明东落入了一个揣测的旋涡，思维把他卷入了一层层的荒唐的揣测里去。

女人进来照例给正在安装系统的沈明东递上了一杯咖啡。沈明东对咖啡没有研究，不知道手中这杯咖啡是否是蓝山。在接过咖啡的同时，沈明东也接到了一双温情的眼神。他的心颤抖了一下，马上躲避了开去。沈明东感受到了与前一次不同的信息。

自从开了电脑维修部后，由于职业的缘故，沈明东可以有机会直入客户的厅堂，有时候甚至是闺房。沈明东并不否认，这位

301室的"蓝山咖啡"的确是他见过的女客户中最漂亮的一个，这样近距离的接触对于一个身处情感荒漠的男子来说不能说不是一种诱惑。沈明东忽然对一些未明的事物产生了一丝好奇心，问：

"你家先生是个赚大钱的吧？"

女人见问露出了一副复杂的表情，先是尴尬，马上又转变为释然，说："算是吧！不过离了！"

在一屋子甜腻腻的气味里，沈明东印证了自己的猜想。其实，这个猜想从上一次来后他就有过。沈明东忽然同情起眼前的女人来，他想着说一些安慰的话，脑子中却显现出女友离去的背影。说："男人有了几个臭钱就容易变坏，钱多了责任心就少了，家只是他们社会活动的一张名片，而名片的内容与设计是可以'与时俱进'的。"沈明东三言两语就勾勒出男人的群相或轨迹图，而他自己却超然圈外，这让他很容易博得站在男人对立面的那一列的好感。

女人沉默了一会，心里盘算着沈明东所比拟的名片和与时俱进的含义，突然问了句："你不也是男人吗？"

沈明东听出了女人话中的意思——你有钱了不也一样！你有钱了也会重新设计自己的名片！可是，可是沈明东心想，我现在是被人抛弃的对象啊，一个经历过被女人抛弃的男人是会珍惜下一段感情的呀，应该是吧！

女人觉察到沈明东沉默中不经意间流露的复杂情绪，倒觉得不好意思了，赶紧岔开了话题，说："你结婚了吗？"

沈明东沮丧起来，回答："结婚？这年头哪那么容易啊！没房没车，我就是一个混在城市的乞丐，谁嫁给我啊？"

"那你总谈过恋爱吧！"女人悄悄地追溯着沈明东的情感历程。

"谈过。不过女朋友嫌我穷，最终还是傍大款去了！"

"你……没有想过再谈一个？"

"我倒是想啊！可是资本呢？付了房租也就够我吃喝拉撒的了，哪有余钱去追女孩子啊！"

女人安静地站在那里，过了一会儿，说："不是什么女孩都注重物质的！"

沈明东感觉到了女人仿佛在暗示：这世上应该有看重感情的好女孩的。

沈明东摇着头一副出世的表情说："裸婚？得了吧！你没看电视上的几个相亲节目吗，那些在节目中亮相的女孩子别看一个个像嫁不出去的样子，可内心却现实得很！一副没房没车你怎么让爱情保鲜的神气样，压根儿没想过要同甘共苦自己动手创造明天！难怪，难怪站那里多期节目也无人问津。我要是男嘉宾，我就不带走那些财迷心窍的家伙。就让她们晾着杵着，下不来台！"

301 女人看着沈明东越说越激动倒觉得不好意思了，再怎么说也是自己勾起了他的伤心处，便尝试着再一次努力岔开话题：

"对了，能说说你的前女友吗？"

女人话一出口便又追悔莫及，这不还是绕不开话题挠着他的伤心处吗？谁知这回沈明东却保持了出奇的平静，他缓缓道来，像是在讲述一个发生在别人身上的故事：

"她叫嫣然，一位活泼可爱的女孩，阿拉伯语系的系花。"沈明东顿了一下，目光投向了窗外，仿佛远处可以找到故事的头绪，继续说，"我跟她大三的时候确立了关系，有两年愉快的校园生活，那是二十一岁的我人生中最美好的时光。也许，也许那也是我一生中最美好的时光。"

"后来呢？"

"后来？后来来了一场招聘会，她被录用了，慢慢地属于我们的时间就少了。"沈明东忽然回头注视着301的女人，问，"感情这东西是不是最经不得时间的消磨？相处的时间少了，生疏就像荒草在不知不觉中疯长，原来用情意绵绵缠绕的红线，被每一次日落悄无声息地抽走一根游丝，脆弱在夜色的掩护里与日俱增，最终在背道而驰的拉扯中应声断裂！"

女人在他的充满伤感的叙述中慢慢转身，只是不想让他看到扑簌簌滑落的泪水。

"现在说说你那位离了的先生吧。可以吗？"

"嗯，嗯。"女人调节了一下情绪，面容中残留着泪痕，说出了一番让沈明东感慨万千的话语。

原来，301女人的经历正与沈明东的前女友惊人的相似。大学翻译专业，一场热闹的招聘会，大款，罗列不完的富人的景观，这一连串的关键词串联的是又一个嫣然的故事，只不过这个故事发生的时间前移了几年。沈明东注视着301女人，心中顿感疑惑，世间的事怎么就这么巧合呢，把失去的女友再一次送回到他的眼前。他甚至恍惚起来，嫣然的一张俏脸悄然无声地向他发送着调皮的微笑，他想上前去拥抱嫣然，用自己干裂的嘴唇印向那一片湿润的芳泽，但被一把推开。沈明东顿时从神魂游离中醒来，他失魂落魄，为自己的唐突一个劲儿地致歉。书房的空气中塞满了尴尬的氛围，一切像凝固了一样。一会儿，沈明东从失态中平静了下来，两眼注视屏幕上安装软件的条状推进条，说了句："还需要十分钟，我就走。"

在离开301室的时候，沈明东一脸诚恳地说了句："我真的不是故意的，希望你不要介意！"301室的女人浅浅地一笑，说："我没有怪你的意思。"

三个月后的一天中午，沈明东刚享用着一碗红烧牛肉面，QQ提示音响起。沈明东斜睨着跳动的头像心想：该不会是"蓝山咖啡"吧！

自从上次两人互相向对方讲述了自己的情感历程之后，沈明东觉得与这位301的女人相互间已经有了相当的了解了。沈明东感觉到，相比于自己的前女友嫣然，这位蓝山咖啡无疑更显得温婉典雅，女人味十足，在无数个无眠的夜里301的女人总是让他辗转反侧。是的，她那迷人的酒窝深深印在他的脑海中，她的肌肤凡是可以看到的部位都是一如既往的白皙，宣告着青春和活力。他等待着，等待着那一杯香浓的"蓝山咖啡"的再一次召唤。可是，一连过去了三个多月，期待在无望中伸展着不可触及的边际，"蓝山咖啡"却杳无音信。

沈明东一边扒拉着面条一边想着。QQ的提示音再一次响起，催促着回复。沈明东知道那只是一种愿想，而愿望总注解着一厢情愿的结局，也许"蓝山咖啡"正是因为自己的唐突而刻意与他保持距离，不再请他做重装系统的上门服务，他也从此失去了品尝那一杯浓浓的蓝山温情的机会。那都是因为自己的一时恍惚，但是后悔如同过期的药效从来都是于事无补。不必再抱有什么幻想了，一百多天的等待足以证明。沈明东显得不那么积极去理睬生意了，无聊与颓废总像是一对孪生兄弟如影随形，他慢条斯理里地完整享用完一碗红烧牛肉面，狭小的店铺里顿时充满了刺鼻的调料味，沈明东打了一个嗝，外加三个响嚏，才站起身来拿着一只吃完的泡面碗走向门口十步之遥的垃圾桶。扔完了泡面碗后，沈明东在垃圾桶前欠了欠身，顺便将一口浓痰准确地吐进了桶里，刚想转身，从店里传来了一阵阵急促的电话铃声。

沈明东几乎是以冲刺的姿态回到店铺的，他可以暂时不理会 QQ 上的留言，因为留言是不会长了翅膀飞走的，但电话是不能不接的，要不然他还得翻阅来电显示打回去。他急急地提起电话，耳边响起的是一个熟悉的久违的又近乎是美妙的声音："我是温馨花园……"

沈明东还没等对方把话说完，便回答："我马上去！啪地挂了电话。"

这声音就是温馨，就是美妙动听。沈明东心花怒放，他背起他的工具包，激动地转身准备出发。膝盖顶上了凳角，他来不及搓揉疼痛处，只管做着上锁离开的步骤。他痛着，又像是痛在了过去，心却向往着那份期待太久的快乐。

一进门，沈明东便急急地问："是不是电脑又打不开了？我替你重装一下。"

301 女人平静地注视他，没有顺接着说是与不是，默默地跟着沈明东进了书房。当沈明东正要在电脑桌前坐下时，女人却说:"电脑没有问题。"沈明东一下子愕在那里不知道说些什么好了,他开始责怪起自己的莽撞来,刚才接听电话时怎么就没有听她把话说完呢!这是多么的愚蠢!他觉得在这个温文尔雅的女人面前太过于失态了。

女人继续说:"电脑没有坏,但我是想请你来一趟,聊几句。"

沈明东有点不相信自己的耳朵。他忽然滑稽地感觉到,自己不再是一个修电脑的了,倒更像是一个宋丹丹小品里所扮演的陪聊钟点工。他的脑子里飞快地跳出一句台词:我们这种职业,往大了说,那叫心理咨询师;往小了说,那叫家政服务。不觉哑然一笑,心想,也行,陪聊就陪聊吧,只要是我看着愿意的对象。

"你说,人的感情可以重装系统吗?"

沈明东听了吓了一跳,差点没从椅子上滑落下来。这女人怎么抛出这么一个不着边际的问题!给他 N 个选题,他也绝想不到会有这么一问。沈明东手足无措起来,心想,看来这个陪聊的职业还真的不是那么好当的。他支吾其词,说:"这可真不是我的专业,我也不知道从何说起!"

"你能!你应该可以的。"女人的话语肯定得有些执拗,不由得让沈明东感觉滑稽得想笑出声来。沈明东感觉今天遇上怪事了,好在他很想看看往下会怎么发展。他甩了甩头,稍稍定了定神,好奇地问:"你怎么觉得我能?"

"因为,你已经闯进了我的心。只要你愿,你就能!"

301 女人说完把头低下了,可是一张俏脸却红成了一枚西红柿。

沈明东虽然觉得这女人也太敢于表白了些，但还是感到欣喜若狂，一颗心突突地快要跳出嗓子眼了。这一切不正是他所希望的吗？现在看来，没有比这更好的态势了，这幸福来得也太突然了些。沈明东望着女人，双眼中射出两道热烈的光来，说："你可知道，这些天，你一直相伴着我的无眠?!"

"真的如此吗?"女人一脸的疑惑。沈明东用力地点了点头。

"难道，难道你不嫌弃我的过去?"

"你有什么过去?"

"我离过，有过一段婚姻！但没有孩子。"

"那有什么，我不也有过一段失败的情感吗?"

沈明东想到了一件事，这女人白天不上班又守着台电脑究竟靠什么养活自己。他想问，但又觉得冒昧了些，话到嘴边却又咽下了:

"你……对了，我还不知道你叫什么呢!"

301女子调皮地笑了笑，说："我的名字就在这杯咖啡上。"

"蓝山?"

"嗯，是蓝珊。蓝色的蓝，灯火阑珊的珊。"

"那你……平时不出门……"沈明东把剩下的半句噎在了喉头，代之以目光的游走，他环视了一圈屋内的陈设。蓝珊马上意识到他想问什么。

"你是不是很好奇，对我的生计？你该不会认为我是以炒股为业的吧?"

沈明东不好说是或不是，因为你不可以说炒股不能养活自己。单从生计的角度来看，炒股发了大财的大有人在。再说了，炒股可是一门技术活，所顾虑的是难以把握，毕竟，股市无时无刻不在上演散户前赴后继地落入庄家布置的陷阱惨剧，血本无归比比皆是。剩下的问题就牵涉到一个过于严肃的话题了，即什么才是正经行当的问题，尤其是对于80后、90后，职业是一个回避不了的考量。

"我做的是威客。"

正当沈明东不置可否地僵在那里时，蓝珊爽快地给出了答案。沈明东不再需要答案，而只需要倾听，不一会儿，他便获得了更多的信息。这位叫蓝珊的301房主可有大学问了，她懂三国语言，是一个优秀的翻译。只是，翻译这种职业有时候难免受年龄的制约，女孩子年龄一大，就不太适合跟着客户到处跑，只好窝在家里了。好在，现在有了威客网，可以从网上揽一些翻译生意，只要勤奋，一年赚个十万八万的没啥难的。威客，一个新词，一个足不出户的新职业，网络无时无刻在改变着人的生活。

一颗扭结的心终于释然，两颗年轻的心逐渐靠拢。失败的感情历程总是让人倍加珍惜下一段情感的到来。沈明东似乎看到了完成"重装系统"的愿景，憧憬起与蓝珊的美好未来……

门铃突然响起，打断了沈明东的遐思。蓝珊走向了门口。

刚开了一条门缝，蓝珊便看清了来人。蓝珊急急地把门往回拉，而外面的人则死死地掰住了门框，大有破门而入的架势。沈明东正待起身，耳边却听到了一段对话：

"我们俩已经结束了，你不要一而再、再而三地来打扰我的生活。"

"我只是来看看你，你过得怎样。"

"你该关心的人不是我。对家里的女人一份足够的关爱是一个男人该有的责任，而不是心怀杂念。"

那男人沉默了一会儿，叹息了一声，回应：

"唉，我知道你这是在教训我。我当时拥有了你，应该知足。这一切都是我的错！"

"呵呵。"蓝珊苦笑着回应，"你觉得说对与错还有意义吗？对不起，你走吧，以后也不要再来打扰我。"

砰的一声，蓝珊终于合上了门，她跌跌撞撞地回来，坐在客厅的沙发上低着头抽泣起来。

沈明东想到了安慰。他过去拍了拍蓝珊的肩头，递过去几张纸巾。

夜悄悄地抵近，而沈明东没有离开。他开始走向厨房，像一个男主人一样地打开了冰箱的门，里面塞满了荤的素的食材，看来蓝珊是一个干练的人，赶一趟农贸市场必会采购回一周的食材。只是，平时吃惯了泡面与快餐的沈明东也没有下厨炒菜的经验，不知道如何下手。情急之下，他想到了西红柿炒鸡蛋，觉得这个菜做起来应该不难。

华灯初上，301室开始有了男人的身影，也不知道左邻们有什么莫名惊诧的表现，当一盘红黄相间的西红柿炒鸡蛋端上餐桌之时，气氛刹那间有了改变。一股子蛋熟味和西红柿的酸味钻入了蓝珊的鼻孔，看着系着围裙的沈明东，她扑哧一笑，露出灿烂的笑容。她追溯着一个男人为她下厨的时光，可是记忆居然把自己牵引到了儿时，炒菜的是父亲。一抹伤感袭上心头，是啊，多少个夜晚，她重复着一件事，她做好了一桌菜，等待那个人回家，但很多时候等来的是一个电话，和电话里缺乏新意的一套说辞。她一次次倒掉了本该是那个男人咀嚼和消化的饭菜，心里却清楚，这倒掉的是家的温馨，最终将迎来情感的冰点。

沈明东把两碗喷香的米饭放在桌上的时候，蓝珊已经像个孩子似的坐上了餐椅。她只顾扒拉着饭粒，夹着那碗唯一的菜。这一顿她吃得很香，尽管这碗菜多放了点盐，吃着发涩，但她却吃得无比的热烈与投入。吃完后，蓝珊也不与沈明东争洗碗，只是去房间转了个身便冲入了卫生间。于是，沈明东在厨房洗碗，而蓝珊则在卫生间里洗澡，水声哗哗。

当两个人都洗完后走到客厅，等待沈明东的是一幕荡人心魄的情景。蓝珊一袭睡袍径直走向客厅一角的吧台，她从酒柜里拿出两只高脚杯和一瓶干红，然后优雅地分别在两只杯子上倒上一小杯，深情款款地注视着沈明东。与此同时，也不知道她按着了哪个按钮，一时间客厅里的灯光切换成了迪厅的效果，柔和中带了魅惑。沈明东开始有点发眩，但奇怪的是偏又觉得很兴奋。他提起了另一只落单的酒杯，开始与蓝珊碰起杯来。而蓝珊不急着碰杯，每一次触碰只是用杯沿蹭着沈明东的杯沿……

这个夜属于一对年轻人。他们喝下的不是红酒，而是久违的浪漫。当醉意袭上心头，沈明东却听见蓝珊对着耳边说了句：

"想喝咖啡吗？"

"能醒酒吗？"沈明东反问。

"应该可以吧。"

可是，蓝珊没有去冲咖啡的意思，而是一伸手圈住了沈明东的脖子，说了句：

"蓝珊牌的，想喝吗？"

沈明东还没有醉到迟钝，立马醒悟过来，轻轻地抱起了蓝珊走向房间。

晚风调皮地掀动着窗帘，传递着热情。一会儿又安静得像只慵懒的考拉，无力地悬在那里。

当明亮的日光打在了窗口时，沈明东发现自己躺在一张宽大的床上。

沈明东起身下床，记不清这是留宿 301 室的第几次了，他匆匆地洗漱完毕，吻了一下熟睡中的蓝珊，匆匆赶赴维修部。

一大早，明东电脑维修部迎来了一位特殊的客人，一个五十多岁的男人。他进门后并不吭声，只是找了个位置坐下。沈明东问他需要提供什么修配服务，那人只是一个劲儿地抽着烟，一言不发。空气随着那个男人的沉默而凝固成一团。沈明东是个开门做生意的人，什么样的古怪客户他都遇上过，这找上门来的无论是生意，还是祸端，他都只好小心候着。控制好情绪，在什么时候都不是坏事。

眼看着手中的烟快燃到了烟蒂，那男人缓缓地站起身来，目光中投射出一种沈明东所不具有的自信与坚定。他的目光只是平视前方，你很难确定他所关注的事物的着落点。也许，他的目光本就没有关注过什么。沈明东从那份神态中搜寻着一个男人的沉浮，他无多收获，但确信那里面一定饱含着自己未曾经历的内容。他开始慢慢地转身，面朝门口，走出了维修部，他没有回头，但在离开门口时扔下了一句话。那句话只有五个字。

沈明东追了出去，那人却上了一辆"奔驰"，不紧不慢地开走了。

好好待蓝珊！好好待蓝珊！沈明东反复咀嚼着那人扔下的这句话，突然觉得这声音好像在哪里听到过，对了，想起来了，就是那天傍晚想推门进301室的那个男人。这应该就是蓝珊的前夫。

沈明东折回到店里的时候，却发现在那个男人刚刚坐过的地方放着一只手提箱。沈明东上前掂了掂手提箱，发觉似沉非沉的。他不知道里面装的是什么，也犹豫着是否要打开箱子。忽然，他想起了那人临走前的那句话——好好待蓝珊！那么，这只箱子应该是让他转交给蓝珊的，他是没有权力去打开箱子的。沈明东飞快地收拾了一下桌上的杂物，便早早地关上了店门，驱车奔向301室。

"把它扔了吧！"蓝珊平静地说。沈明东愣在那里不知所措。

"你怎么可以接受他的东西？"沈明东听出了埋怨。

"我没有……是他不吭一声地放在修理部的。"

蓝珊稍稍有些缓和，说："这里面不知放了什么？"

"我不清楚。我没打开过！就想着回来由你来决定，毕竟这是他给你的东西。"沈明东一脸真诚。

"决定什么？"

"决定看与不看、还与不还！"

"哦，那就看了再说。"

蓝珊小心地打开了箱子，沈明东一直在旁注视着，他比蓝珊更迫切想知道箱子里面装的是什么。

　　映入沈明东眼帘的是一片柔和的薯条黄，一袋袋原装进口的牙买加蓝山咖啡整齐地挤在一起，像一窝刚喂饱了奶的小狗，不吵不闹无比的温馨。沈明东忽然生出一股子奇怪的感觉，他仿佛看到了一幅美妙的画面，一个优雅的女子正坐在牙买加松软的沙滩上，身边支起了一柄遮阳伞，眼望着远处冲浪的男子。

　　那男子腋下夹着冲浪板缓缓地从浅滩中走来，依稀觉得像自己。再仔细看时，沈明东吃了一惊，原来，那人却是蓝山的前夫！

　　沈明东很失落，他悄悄地离开蓝珊坐在沙发上，觉得自己最好是消失片刻，而此刻的蓝珊同样沉浸在回忆中：

　　面朝蓝色的大海，身边搁了一杯蓝山咖啡，海风比日光更调皮，淘气地轻抚着她裸露的肌肤。一个男人在远处冲浪，很好地驾驭着脚下的冲浪板。那日头照得人懒洋洋的，躺着躺着自己就不自觉地睡过去了。

　　沈明东观察着蓝珊的表情，他知道蓝珊一定陷入了回忆中。他猜想着蓝珊与前夫的过去，猜想着有钱人奢靡的生活。冬天里去南方的海边度假，夏日里去北国的绿荫里消暑。此刻，蓝珊不就沉浸在过去的那份奢华中吗？沈明东清楚自己是不能给蓝珊这一切的，他想象着，一个留恋奢华的蓝珊将会是什么样子？不要说度假，就连这牙买加的蓝山咖啡也是他无力供奉的。他把自己深深地埋在沙发里，像一只刚淋了暴雨的土猫那般落魄颓废，发觉自己是那么的渺小。他开始怀疑自己是不是该留在 301 室了，趁着蓝珊不注意，他悄悄起身，轻轻地走向门口。就在这时，身后传来了话：

　　"天黑了，你能帮我把这一箱咖啡扔了吗？"

天桥梵音

乔城的天桥上时有轻生者登临，行乞的老丐无意之中成了救难之人。一名小企业主因面临行业转型而陷入困境，误入股市后又导致一贫如洗，顿生轻生之念。在得到老丐救难后，承包了城郊的一座寺庙，意外地重新发迹。于是，他想到了感恩。一处是修行的寺庙，一处是救难的天桥；一个是身披袈裟的"僧侣"，一个是坐摊行乞的"老丐"，究竟何处敲打着梵音、吟诵着坐地成佛的真经？小说采用碎片化处理，人物行至文末出人意料，结局巧设成一种召唤。

1. 大事件

最近总有人在天桥上唱歌，沈诗预感着早晚得出事。

老实说，沈诗对这些唱歌的人并无好感，因为他们突入了他的宁静。沈诗开始梳理起他们的行为，他们往往会选择在人迹罕至的时候出现，丢了魄似的踉跄而来，在快到天桥中央的时候，原先语无伦次的他们会突然想到了某支曲子。自然，每个人想到的曲子各不相同，相同的是都会不约而同地拉高了嗓门，纵情高歌。

那声音已经不够用"难听"二字来形容，因为唱的人本就不追求音准韵律。沈诗猜想着他们定是喝了什么液体，白的、红的、黄的，也许是粉色的，他们应该是刚刚喝多了，不用人陪，也不用人扶地来到天桥。这种歌唱的感觉在他们勉力爬梯的时候是没有的，大约是快走到天桥中央的时候，被桥下满目的街灯晃了眼，人就脚跟离地似的发起飘来，仿佛此刻站立于舞台的中央，激发了表演的欲望，于是喉咙开始发痒，直到输出一支不完整的曲子来。

他们从来没有注意到角落里的沈诗，一个老者，席地而坐，身前还放了一只敞口大碗。也许，他们在路过沈诗面前的时候应该有所表示，毕竟他们闯入了天桥。

事实是，沈诗的这一想法大多数时候是一厢情愿的。因为，这些人这个时候无一例外地进入了一种不能自已的境地，无视周遭的一切。

很多时候沈诗是坐在原地不动的，你爱在他的碗里丢个子也好，不丢也罢，本就两不相欠。尤其是白天，上班的，逛街的，人流众多，沈诗不能拉着路人的手硬来。他只需压低了帽檐，露出灰白的像草团一样的胡子便是。他眯起了双眼，只需竖起了耳朵，听那一声声硬币撞击瓷碗的清脆声，麻木了每一声带来的愉悦。

你问别人为什么会往他碗里丢钱，莫非放个碗人家都会往里丢钱？事情哪有这么简单的！沈诗身边放了拐杖呢，他走路的时候是悬了一条腿的，全仗着这条拐杖支撑了。沈诗知道在他起身的时候，已经有无数双好奇的甚至是狐疑的目光投来，看他这个老东西是真的需要挂着拐走路，还是其实把拐作了敛财的道具。这个世间，用来敛财的道具很多，它们都像瘸子的拐棍一样逼真，支撑着一具具倾垮的皮囊。

刚才说了，很多时候沈诗是坐在原地不动的，可是后来为什么非要起身呢？难道是为了一枚硬币而去缠住路人不放？

说起这个原委沈诗后悔着呢。

大多数时候沈诗坐在原地进入的是一种闭目状态。他只需用上一种感观——听觉。只有当硬币撞击瓷碗的那一声清脆声响起的时候，才会提振一下沈诗那看似日渐萎靡的精神。可是，有一次沈诗听到的是一声闷响！重重的闷响！

沈诗知道有大事件发生了，属于乔城天桥的大事件。他缓缓起身，一瘸一拐地走向天桥的扶栏，向下一望，果真，一具血肉模糊的尸身扭着四肢躺在了桥下。而此刻，所有的行人及街灯都凝固了似的朝向同一个方向，十几秒钟后，人流开始蜂拥而至，围成了圈。他们在七嘴八舌地说些什么，沈诗听不大清，也无心听。于他而言，所能为的只是叹息一声，心想，何苦来哉！非要寻死觅活的，说到底，你们的难处有我难吗？我不也好好地活着吗？

2. 僧人

这一次可真的扰了沈诗的清静了，他有了一丝隐忧。

沈诗所担心的不是会因此而减少了天桥上的行人，影响到他的收入，而是引来接踵而至的效仿。沈诗想正告的是，天桥不是你们告别的地方，而是他的营生地，他不允许再有类似的事情发生。

沈诗为此付出的代价是必须留意起那些天桥上的过客。你看他好似眯着眼半睡半醒的，其实他是在密切关注着行人的动向。

　　这几天沈诗留意上了一个人，确切地说是一个僧人。他每次早上从天桥上过，但沈诗并不知道他去向何方，也不关心他在哪所寺庙礼佛。在他途经沈诗面前之时，都会先向沈诗躬一躬身，丢上一枚硬币，然后双手合十离去。这让沈诗感到很不自在，他怎么能接受僧人的给予？在沈诗的习惯思维里，寺庙是仗着布施的香油维持的，而游方的僧人本就靠着一路化缘度日，怎有余钱资助他人？他得阻止这种行为。

　　于是，当那位僧人再一次要往碗里丢钱的时候，沈诗突然摘下毡帽盖住了瓷碗，表示拒绝的意愿。那僧人愕在了那里良久，突然说了句："老先生莫非忘了我是谁？"

　　他这么一说倒让沈诗觉得似乎真的与这人相识，但沈诗肯定地认为从未与任何一个僧人有过什么扯皮，故而依旧一脸的疑惑。那僧人淡然一笑，索性席地与沈诗对坐，郑重地说："老先生，你可是救过我三生的大恩人啊！"

　　哦，沈诗似乎记起有那么一个人了，脑子里飞快地回忆起一个月前的那段往事。

3. 歌者

　　他最初出现在沈诗面前时一身的酒气，身体歪歪斜斜，在暮色的掩护下跟跄着走上天桥，这让沈诗倍加留意起他的动向。快到天桥中央的时候，他突然站住，慢慢地挺直了腰身，然后转身面向栏杆，面向一街的华灯，唱起了沙宝亮的《暗香》。

"当花瓣离开花朵……心若在灿烂中死去……"

沈诗听到了离开，听到了死去，便再也坐不住了。沈诗起身缠住了他，装着要钱的样子。其实不用出声，只需伸出那只大瓷碗，一个劲儿地往他身上轻轻地磕碰示意，而身子却适时地挡在了他的前面，在趁他躲避之时，一步步地把他往桥中央逼，远离那发生过大事件的栏杆。他明显被缠得烦透了，急急地掏着口袋想要摸出钱来打发了沈诗，可是居然翻遍了全身都找不到一毛钱，于是像个孩子似的放声大哭起来。沈诗听出了他哭声里的无奈，要知道一个人把自己灌醉了，然后又唱又哭的，肯定是遇上什么不顺心的事了。

正当沈诗发愁如何让他离开天桥的时候，事情发展得出乎意料，这个醉鬼居然哭够了，像一具被拉开了气门的充气垫似的瘫软在地，呼呼地睡着了。这倒使沈诗不用再担心他寻死觅活的了，沈诗只需坐回原地打盹，偶尔往这边瞄上几眼就是。第二天天刚亮，这个醒来的酒鬼居然一骨碌起身，没事一样地走了。连一声道别都没有。

天桥上安了顶篷，使行人免了日晒雨淋之苦，给沈诗提供了栖居的方便。但凡天桥的配置，都是应了人流车流过于密集之故，地处的自然是一个城市的繁华之地。沈诗选择了天桥，开始他的营生，便是瞅准了人流之多。沈诗讨厌香水味，是因为他这副尊容是已经别了追逐物色生香的年代了。但是，这不等于他能躲过这些诱惑的考验，这种考验无时不在。

沈诗是在傍晚时分记起那个唱《暗香》的人的。沈诗想起他，是因为猜测他今夜会不会再次光临。沈诗眯着眼想这事的时候，忽然闻到一股浓烈的香水味在他的面前晃来晃去，沈诗睁开了眼，却发现一对硕大的乳房正在他的眼前晃动。沈诗非常吃惊，本能地往后仰了仰，因为沈诗感觉到，再不后仰的话那对大肉团很有可能会贴着他的脸庞。这一仰让他看到了一个肥胖的女人，妆浓艳抹，正一个劲儿地向他抛着媚眼。沈诗意识到自己被夜莺瞄上了，令他深感奇怪的是，她们竟然连他这样一个瘸腿的糟老头也不放过！慌乱中沈诗不知道那女的说了些什么词，但沈诗记得她竖起了两根手指，沈诗明白这是她开出的价码，而沈诗脑中却盘算着如何打消这女子的念想。沈诗取下了毡帽，露出了一副尊容，一个不长毛的脑壳，却偏偏长了满腮的胡子，像个行脚的头陀，更像铁拐李。沈诗发觉那女子看了他的尊容后憎了一下，沈诗不容她细想，便适时地双掌合十于胸，念了句："色不异空，空不异色，阿弥陀佛。"这一连串的举动只是为了表达自己是个方外之人，沈诗想着招儿地想把眼前的窘迫糊弄过去。那女子信以为真，悻悻然离去。

在沈诗惊魂未定之时，却又听到了那首《暗香》。

4. 色不异空

法海是第二次来到天桥的。在路过那个老丐身前时，他想起了昨晚的事。如果没有老丐的搅局，他应该像《暗香》中所唱的那般，身如花瓣飘落到桥下去了，残留于世的大概不是暗香，而是酒气、浊气，还有散不尽的怨气吧。

昨晚也许是因为真的喝多了，他居然连爬上天桥栏杆的力气也无，倒被那个老丐缠得离栏杆越来越远，后来居然在天桥上睡了一晚。这实在是件说不过去的事。

今晚他没有喝酒，不是为了保持清醒促成纵身一跃的举动，而是已经没有了买醉的本钱。是的，他穷得还不如那边蜷缩着的老丐。这些个老丐，装着一副可怜巴巴的样子，指不定回头坐在了肯德基的餐桌前大快朵颐。

钱都去哪儿了？这句话正是老婆对他千万次的追问。

五年前法海与老婆办起了一家纸管厂，头三年企业经营得还算顺利，每年都有三五十万的盈利，资产积累到三百多万。可是，由于乔城政府出台了产业结构调整的新政，印染企业实行了行业整顿，不少缺乏污水处理能力的小规模染厂关停并转，给整个轻纺行业带来了不小的冲击。在轻纺这个产业链条上谋生计的纸管业相应受到了冲击，法海的纸管厂业务缩减到维持生存的临界点以下。

何去何从？法海一心盘算着企业的出路。正好，自去年年底以来，股市掀起了一波大行情，平日里与法海有业务往来的那些老板见了面三句不离股票，转而一个个把资金投入了股市。

法海生性持重，凡事不敢贸然。可五个月过去了，那些小老板一个个资金翻了倍，钱包肥得直往外流油，他再也坐不住了，终于打算放手一搏了。征得了老婆的同意，他用纸管厂的两百万流动资金做本开了账户，半个月下来，居然赚了二十多万。夫妻俩开心得不得了，天天唱着《小苹果》。他们仿佛看到了企业停业后的出路，股市能带给他们更丰厚的回报。

欲望如跳出神灯的魔鬼在无限放大，一个大胆的计划在法海的脑海里浮现：要是能将股本扩大，获利将会更加丰厚。法海动起了脑筋，可是亲戚们中就数他钱最多，哪个也拿不出几十万来借给他呀。法海陷入了烦恼。这一天，法海接到了一个交易所打来的电话，问是否有融资意向。先前，法海从朋友那里搞清了"二融"是怎么回事，在接到电话后他犹豫了一下，但最终还是瞒着老婆去办理了手续。

又过了十来个交易日，上证股指冲上了五千点，法海的证券账户的资产余额上升到四百六十万，除去融资融券的两百万，他的实际获利是六十万。短短的一个月，居然能顶得过纸管厂一年多的收成，法海陷入了亢奋之中。

然而，令所有人想不到的是，灾难在步步逼近。上证指数在五千一百七十点上方玩了一次跳崖式的下挫，连续的急跌让所有股民一周内资产缩水一半。法海的账户被强制平仓，两百万本钱连同六十万获利一起成了泡影。这下可惨了，赔了夫人又折兵，半辈子积累的资产一夜清零，法海陷入了无助的深渊。法海骂过，发泄过，也在暗处落泪过，但一切已无济于事。他想过了假如，假如不去融资就不会平仓，那么股票还在，希望还在；假如他在赚了六十万后离开股市，那么也算是得到了丰厚的回报，可以静下来规划一下企业往后的转型与发展；假如他不进入这该死的股市，那么他的两百万的流动资金还在，他可以休养生息，以图东山再起。可是，他再也回不到那些假如中去，他甚至回不了家，无法面对家人。

今天，他在公园里闲逛了一天，只盼着暮色早些来临。他干瘪的身形走上了天桥，肚子里没有酒水的翻腾，更没有饭菜，他饿了一天，人生第一次饿了一日三餐。他没有歌唱，站在天桥的中央，只有悔恨的泪水。而华灯欢娱得有些过分，人流欢快地在脚下蠕动，他知道这些离他是那么的近，而其实是那么的远。

正当他把一条腿跨上栏杆的时候，他被一条背后伸来的拐棍钩住，整个身子被钩了回来，与栏杆有了一定的距离。

回头看时，却发现那名瘸腿的老丐正立于身后。他明白了，又是这位老人阻止了他的行为。他吃惊于老人竟有这么大的劲，让他一个壮年不得不任由拐棍扯动躯干，还没来得及表示愠怒，他再一次瘫软在天桥的中央。不过，这一次他没有像昨晚那样沉沉地睡去，因为这一次他只是饿晕了头。

他是被自己肚子一声声的咕噜声吵醒的。醒来时头顶上是满天的星斗。他想起了小时候母亲陪他一起看天上的星星，母亲说，天上的每一颗星对应着人间的一个生命，如果有流星划过夜空，那一定是有一个人结束了生命。今夜，属于他的那颗星差点划亮这漆黑的夜空。一股子包子的面香与肉香送到了鼻子前，原来是老丐递过来一个冰凉的包子。他不及细想，饿了一天的他顾不了太多了，他得赶紧平息肚内的暴动。他用手背擦了一下油腻腻的嘴，说不出一句感谢的话，只是低下头嘘唏。是啊，他居然落魄到分食乞丐的食物！

"老人家，你既然救了我两回，不如再帮我指点迷津，助我重生。"他觉得这个老人不简单，很有可能是得了什么道行的，否则也不会两次算准了似的出现在他想要结束了自己的时候。

"天明时刻，你觉得我应奔赴何处?"

他所得到的回答是：色不异空，空不异色；色即是空，空即是色；受想行识，亦复如是。阿弥陀佛！

5. 行识

沈诗知道他叫法海已经是后来的事了。第一感觉是，这个人的爹娘倒是有点怪，给儿子取了个和尚的名字，而且，后来当真成了和尚。

这一会儿法海正与沈诗对坐着，他剃了光头，穿着僧袍，在南郊的一家寺庙工作。他便是沈诗救了两回的那位。

"你是如何当了和尚的？"

法海念了句："色不异空。"沈诗记得这正是他当时应他指点迷津所请的回答。他说幸亏听了沈诗的指点，才有了今日的平安。他一个输没了家财的人不去当和尚避世还能怎样？他已经没有重回当年的本钱。

"你在寺庙工作也只能图个温饱，就不眷念昔日的富贵？"沈诗通过交谈了解到法海昔日也算是个老板，如何守得了青灯黄卷，故有此问。

若不是老先生两次挽救，我法海早已去了，哪还敢去想富贵，粗茶淡饭了此一生，便是心愿。

沈诗信以为真，因为法海在说这句话的时候目光空洞得很，那里面确也看不到隐藏了名利的成分。

法海家住城北，去南郊需步经天桥，故每天早晚都会经过沈诗打坐的地方。他匆匆而来，又匆匆而去，与其他为生计而奔波的行人并无区别。只是每次在经过沈诗身前时都会丢上一枚硬币，沈诗欣然接受。

一个月后，法海消失在沈诗的视线之内。这让沈诗的内心很不平静。原来，这些天来，沈诗已经习惯于一个僧人夹杂于人流，从他的身前匆匆而过。一个平凡的平稳度日的法海，才使沈诗感到内心的安稳。

沈诗开始期待法海的出现，无时无刻不牵挂着法海如今的境遇。沈诗甚至猜想着法海是不是守不住青灯黄卷，离了寺院，重拾起不可预知的旅途。想到了缘聚缘散，沈诗不禁嘘唏。

这一天，一个西装革履的人来到身前，戴一顶耐克遮阳帽，手拎着水果糕点。

"老先生，你还好吗？"

沈诗听到了熟悉的声音，对了，这是法海的声音。沈诗打量着法海，心里印证了这几天的猜想，看这一身的打扮，法海果真离了寺庙，看起来他穿西装比穿僧袍要好看得多，这分明又是那个天桥上唱《暗香》的人。只是，此时的法海红光满面，精神头明显好于那时。

法海把那一整袋水果、糕点放在了沈诗的身后，一屁股坐了下来，一脸愧疚地说："老先生啊，我最近升任寺院的执事僧了，吃住在庙里，实在没时间来看望你啊。"

"执事僧，都管些什么事务？"

"管的事务可多了，相当于一个单位的 CEO，住持则是董事长，大小事务都落在我的肩上了。"

"寺庙一个屁大点的地方会有什么事可忙碌的！"沈诗表示不屑。

　　法海抬高了嗓门，说："老先生错了，现在上寺庙观瞻礼佛的香客多得很！我们不但要准备香烛，还要准备素斋、客房，光是求签解签的队伍都排到庙门口了，事可多着哩！"

　　沈诗听着觉得有理，现在的人一到节假日都兴自驾游，更远的则组个团四处观光，南郊这个寺庙有着千年的历史，自然成了旅游观光的去处。法海有打理企业的经验，时间一长，便崭露头角，一路升迁成为执事僧，也算是顺理成章。

　　法海没有多坐，匆匆而去。沈诗目送一个穿着西装的僧人远去，却始终没吐出一句祝贺的话语。他搜索枯肠，找不出一句合适的话语描述此刻的心境。

　　显然，一个想跳天桥结束了生命的法海复活了，找回了昔日经营纸管厂时的精神头。沈诗无意中的一句"色不异空"把一个穷途末路的人引向了寺庙，在寺庙这个方外之地，法海阴差阳错地找回了想要的前程。这样一个结局真不是沈诗指向的迷津，沈诗也没有指点迷津的道行。他不知道法海接下来的路会如何走，只知道法海再也不会上天桥重唱《暗香》，终究是走在一条鲜活的路上。

　　傍晚，一个着粉色连衣裙的女学生路过沈诗身前，她诡异地向沈诗眨了眨明亮的大眼睛，然而冲向天桥的中央，张开双臂，化作一只粉色的蝴蝶轻舞。那是一个跳桥的动作，自然，那仅仅是一种游戏，而此时唯一的观众则是沈诗。但奇怪的是沈诗并没有起身去装着乞讨地阻拦，反而，笑得像筛糠一下。

　　好像没有人去关心沈诗是否在人流散去后回家，除了这个夜色里现身的女学生。如果没有歌者，沈诗会随着那位女学生在夜深人静的时候悄然离开天桥，消失在夜色里。

凌晨，沈诗总是比那些行色匆匆的人早一步来到天桥，他从来只坐在天桥的一头，行人上得台阶便能照例看到一个花白胡子的老汉坐在天桥口，边上放一柄旧得发黄的拐杖和一只敞口的青花瓷碗。那只碗看上去从未洗刷，像一支传诵了久远的歌谣。

如果把天桥比作一幅油画，天空则是转换着阴晴的底布，行人是充满动感的画面，而沈诗则是固定的标志。他跟天桥一样静默，接纳的是日复一日的城市的喧闹。而那位轻舞的少女，是天桥宁静时的一种邂逅。

离法海前来探望的那次又过去了一月有余，沈诗搜寻着关于法海的信息，源自行人的交谈。南郊的寺院在扩建，与背靠的乔山连成了一片风景区，据说门票已上涨到 120 元。沈诗想着，如今的香客要与菩萨见个面着实也困难了许多。这些个收入是否归入法海的账本，沈诗不得而知。

这一日傍晚，沈诗正待起身活动一下筋骨，做好离去的准备。桥下突然上来两人，一个力大无穷，背起沈诗就走；另一个则收拾起沈诗的拐杖与物品随后跟上。

沈诗被塞进一辆小车，司机一踩油门来到了南郊，在一所寺庙前停下。出门相迎的正是法海，他一脸诚恳地说明了相请的意愿，有意让沈诗长住寺院，侍奉终老，以报两次救命一次点化之恩。法海先是领沈诗去了厢房，那里俨然是干净的标房，生活设施齐全。沈诗安放了随身行李，又一瘸一拐地随法海去了大雄宝殿。

法海与沈诗打坐在观自在菩萨像前，同样念起了《心经》。法海之所以念《心经》是因为受了沈诗当时"色不异空"的点化，而沈诗呢？他一副行脚头陀的打扮，神形枯槁，看上去像一位得道高僧，其实会念的也不过是《心经》这一部。这部《心经》还是他年幼时从吃斋念佛的祖母那里学得，而且大都是乔城的方言音。南郊寺院大雄宝殿上供奉的正是观自在菩萨，这个菩萨塑身高达五米，面目安详，略带笑意，泥金涂身，映照之间似有佛光闪耀。沈诗不敢造次，口诵《心经》与法海在空阔的大殿里做起了晚课。其间，几个小沙弥在殿外穿梭忙碌，探头探脑了几回，似有事务请示住持法海，见住持身前有行脚僧打扮的老沙弥在，不敢打扰。

回到天桥，沈诗重回了心境的平和。沈诗想着昨晚的事，忽然想为菩萨找点开脱，菩萨安坐在庙里也许非其本愿，信众需要购了门票瞻仰叩拜，也并非菩萨授意的规矩，那么，是谁把菩萨请到了庙里，然后把菩萨与信众隔离，非得要花了钱才能与菩萨见面，诉说心中的祈愿？一帮口中诵佛的人，整天围绕在菩萨的身前身后，他们挤出了慈眉善目，却紧盯着信众的口袋费着心计。沈诗忽然明白了菩萨的无奈，甚至理解了菩萨的怒气。因为照此看来，那些被请入庙里的菩萨，有许多是不自愿的，尤其是当菩萨们被沦落为敛财的道具时，内心是充满愤懑的。一帮受困于庙宇的菩萨，心中整天闹着情绪，不知如何去保佑花了钱前来瞻仰的信众的祈愿？况且，菩萨一贯不开金口，哪怕是在沈诗的梦里。

法海见一早没了沈诗，便跑来天桥寻踪，见到沈诗安然无恙，这才宽心。他一脸惊讶地看着沈诗，满肚子的狐疑，这个瘸腿的老者何以能溜出庙门独自轻松来到天桥？莫非遇到了真佛显灵？

　　晨曦打在了天桥上，法海望去，发现老丐竟全身散发着红光，隐隐然现仙风道骨，心想，这个老丐，在我两次无心留恋尘世之时突然出现，救人急难，岂非巧合？而昨晚又不愿委身于本寺，莫非庙小难留大神？若能将他请到本寺，供奉起来，岂不是活菩萨驾临，开我寺佛门盛事！到那时远近香客纷至沓来，香火千年鼎盛，岂是乔城其他寺院所能企及？

　　打定主意，法海满脸虔诚地问：

　　老先生啊，莫非是我招待不周你才不告而别？你知我如今已成了寺院的住持，正好供奉您老好吃好住，省了天桥行乞之苦。

　　沈诗摘了遮阳帽，诚恳回答：佛曰普度众生，此地正好。譬如那日，你来天桥，酒入愁肠，如癫似狂，一曲《暗香》，欲化作馨香飘落尘埃，老丐我才有施以挽留的机会。你知道我又诵不得经文，只好坐守天桥，如能在此度人困厄，于我而言，是三生之幸。

　　法海心犹未甘，但见沈诗言辞恳切，只好另做打算，悻悻然离去。

6. 揭谛

　　如果按周来划分，四年的时光足可分成六十四个单元。卢兰接到乔城影视学院的录取通知书后，就开始畅想着美好的大学校园生活。正如开学典礼上院长那充满活力的致辞：你们将在"乔影"度过人生最美好的四个春秋，你们不仅将在此塑造卓越的艺术风格，还将在此邂逅终生难忘的爱情。

如果把光阴分割成年，那么大学生活短暂不过四个单元。当你麻木了校园的林荫，厌烦了食堂的油烟，看腻了学弟和学妹在宿舍楼下的不舍缠绵，一个休止符却早已在校园门口翘望着等待你。你走了，走得不如来时的受人关注，把意气风发失落在校园的某个角落里难以拾掇；你走了，步入的是一个陌生的世界，去时裹挟着一身的落寞。意境里没有桃花潭水，旅途上没有长亭饯饮。如果还有什么缠绕，卢兰的耳边倒是有一种声音在回响，那是祖母的诵经之声：

……揭谛揭谛，波罗揭谛……

去吧，去吧，走向彼岸。大学学校就像一个蛹蜕，你早晚得破壳离去。走出校门，满目的未知迎面扑来，无助像一句隐喻如影随形，卢兰留恋地凝望校门，但这个蛹蜕只喜好做一件辞旧迎新的事，从来不挽留即将别离的生命。

"不如我们先感知一下这个陌生的世界吧，以一个旁观者的姿态。"男友沈诗有了一个提议。然后一个转身，沈诗充分展示出他四年来在"乔影"练就的化装术，一个瘸腿的老汉挂着拐棍立于卢兰的身前。然而，这个瘸腿的老汉出现在了乔城的天桥，在他的身前，人流如过江之鲫，拥挤而过。他把目光隐藏在低矮的帽檐之后，不敢正视每一束投射而来的同情或冷漠。一个坐地的"乞者"，以心为尺，衡量着人心的温度。

一切来得是那么突然，沈诗没有料想到，他选择了天桥作为了解这个社会的端口，用一只青花瓷碗触碰着人心的柔软，等来的却是天桥的一支支悲歌。这不是他原来所希望的，这也不应该是社会给予一个刚步出校园的大学生的见面式的拥抱。

告别天桥，沈诗觉得这样一个念头执行起来是那么困难，难如丢了拐棍的单腿难以支撑起一具成年的躯体健步如飞。他如何能听任一曲曲《暗香》在他别了天桥之后的日子里唱响，更不想在别了天桥之后耳闻关于天桥的大事件一次次地口口传递，这是一种残忍的告别！

应该改换一下行头了。沈诗不想让法海觉得自己是一个需要供养的老丐，但天桥上曾经的大事件又迫使沈诗继续他的守护。

第二天，一位帅气的小伙站在了原来沈诗所占的位置，他手捧一把萨克斯，在黄昏时分出现，面对匆匆而过的人流，吹响了《回家》。

空气里溢满了柔和的氛围，思绪在每个行人的脑际伸展。仿佛听到了亲人的呼唤，步履加快了前行的节奏。回首，回首，感激的目光投向沈诗，每一颗心却奔向了家所在的方向。

一位乔城影视学院的女生翩翩起舞，和着萨克斯手的乐曲，在暮色里勾勒出一幅恬静的图画。她用一个个曼妙的舞姿告诉人们生之美好，唯有活着，才能领略人生的风景。

一个肥胖的女子在萨克斯曲的旋律里自卑起脂粉与香水的浊气，从此不敢跨上天桥的楼梯。

一个身影徘徊在天桥的另一头，是一个穿着西装的寺院住持前来寻觅一个老丐的踪迹。他衡量着萨克斯手的身形，或者搜索着每一缕黄昏里写意的音容的重叠，又或者试图解读萨克斯曲里透泄的缕缕梵音，徘徊在日渐加重的暮色里。昏黄的暮色为他披上了一件宽大的僧衣，而他的心却忽然听到了妻子的召唤。

失土农民住进了安置的公寓，一时无法从农耕生活中转变过来。他们无所适从，生活规律遭到了彻底颠覆。一只公鸡因没了谷物喂养弃家而去，栖树为生，每每在小区人们贪睡的凌晨依然作早起的啼叫。于是，一群丧失了闻鸡起床下地干活的农民因恨鸡扰了清梦下定决心，非惩鸡而后快。老沈一心想找回公鸡，实是为找回农耕的生活。

丢失的红冠

你看见我家的红冠了吗？我家的红冠不见了。

老沈头看似得了失心疯了。这几天，他逢人便问这句话。他说的红冠是一只养了三年的公鸡，而这只公鸡在老沈家也算得上是一脉相传的纯种。那只叫红冠的公鸡不光是为了配种，对于老沈来讲，还兼具了另一项特殊的任务——打鸣。

"你家的红冠怎么就不见了呢？"

"没谷子喂它。这畜生，没给它一口吃的就不要主子了。"

邻人宽慰他道："丢了就丢了嘛，反正也不下地干活了，大清早的，落得个清静。"

"那可不能，我还得靠它配种呢。"

"配种？田都没了，还养鸡干吗？"邻人嘀咕。

老沈头坚持着要找回红冠，于是整天在小区里转悠。他的目光左右飘忽着，搜寻着那些犄角旮旯儿，但十天半月过去了，一无所获。

许是被哪个馋嘴的煮了吃了！老沈头的老婆蒋茶花先是想到了一个不好的结果。鸡没了，自然只有两个去向，一是被黄鼠狼叼走了；二是被偷了宰了炖了吃了。

阳光小区一大半住的是原先沈家庄的村民。一个号召下来，沈家庄的土地被征用了，于是村民都安置进了公寓，过起了量米下锅的日子。

小区里是不可能再有黄鼠狼了。那么，被偷了炖了是不二的结果。不能便宜了偷鸡贼！蒋茶花打算还是启用那招玩腻了的游戏——天骂，非骂得那个偷鸡贼从肚子里吐出鸡骨头来！

"那偷鸡的贼，你偷吃了咱家的红冠，让你烂了肚子！"

蒋茶花下了楼梯就开始骂，在小区里转着圈地骂，唯恐漏了那个"真凶"的耳朵。蒋茶花看到没人去理睬她，开始感到疲乏，尤其是嗓子眼干渴得冒烟。她习惯地咽了一下唾沫，而唾沫像那只丢失的红冠那样毫无踪影。似乎是到了该休整一会的时候了，要不也骂不动下半场啊。蒋茶花在房前屋后独自转悠着，在安静里思想着下半场的剧情。突然，她像是想到了什么，一拐弯转到了李寡妇家那幢房子的楼下，朝着楼上开骂了。这一次，她不再转悠，像是终于找到了线索，站定了骂。

那楼下原本聚集了一圈人，对着一张桌子上的一只碗和几粒骰子，正玩得起兴呢。蒋茶花这一骂，算是搅了局了。领头的是李寡妇的儿子阿成，他挤出人圈，狠狠地瞪着她，拳头越捏越紧。蒋茶花先是一愣，心里着实发起毛来，心想：这个有爹生没爹养的,指不定闹出什么事来。但这样的念头只在蒋茶花脑海里停留了几秒钟,蒋茶花想,这个年轻人能对我一个老婆子怎么样?你碰我试试!田没了,我后半辈子正没着没落呢。于是,又扯皮糖似的继续骂。蒋茶花话骂人可有一套,那姿势可是侧身的,一只脚跨前,另一只脚拖后,两只手掌不时地打着拍子。不一会儿,嘴角还起了刚才跑没了影的沫沫。蒋茶花越骂越觉得骂对人了,这个阿成从小就没学好,跟她那个寡妇娘一样,净干些偷鸡摸狗的事。自然,他那个寡妇娘比他还多一条罪状——偷人。

这家人不该骂吗?我就当为姐妹们出出气。蒋茶花正打算拉开了架势好好骂一场,一只胳膊被人拎起,腾腾腾地斜向被拉出去十几步。刚走开,背后便传来了哗的一声响,从楼上泼下来一大盆水,正好落在蒋茶花刚刚站立的地方。

那一盆水泼在地上,泛起了细细碎碎的泡沫,布满了簸箕大的一块地。其中还间杂着烂菜叶子,分明是一盆脏水。

蒋茶花吃了一惊,回头看时,拉她的是她老头子。"为什么拉我?我还没骂够呢!你倒是看看,居然往楼下泼脏水。"

"戏文不能唱过头。差不多了就收手吧。"老沈头明白蒋茶花只是借故寻事,便想息事宁人。

蒋茶花指了指老沈头的脑门,说:"我骂那寡妇你心疼了?我骂那偷南瓜的小贼骨你也心疼了?该不会是你在外面下的种吧?"

老沈头摇了摇头,丢下一句"失心疯",便背着手走开了。

田没了,老沈头把精神全落在了沈家庄那座小山丘上。山上有一块属于他家的两分半大的自留地,老沈头可不让地闲着,四季果蔬,档期排得满满的。

菜叶子喂不饱鸡肚子。老沈头边锄地边叹息。一个身影从篱笆外闪过，老沈头过去看时，早跑没影了。老沈头张望了一会儿，回来时继续锄地。半晌过去了，老沈头觉得有些疲乏，便停下锄地，摸出一支烟点上。他深抽一口，长长地吐了出去，回头看看今天锄的地。这一回头，把老沈头愕在了那里。他揉了揉老眼，发现眼前的所见没有假，刚到了收割期的一畦菠菜没影了！着实是奇了怪了。莫非刚才那人影是个偷菜的贼?!

老沈头提起锄头往路口赶，觉得兴许还能截住。远远地看到一个骑着三轮车的影子从山脚下离去。老沈头举起锄头，往人影的方向轮空锄了一把，劈空骂了一句："这该死的贼骨头！"

菜也偷得，何况是鸡呢！这些个贼骨头！

一定是熟人。蒋茶花这样断言。这些天，总觉得背后有一双眼睛盯着，她知道事还没完："看上去咱家被贼盯上了，这可怎么办好呢！"

这三百六十行，漏了一个贼行当。贼自然不能算作是行当，但它又自古有之。一个村落里，总是有那么一两户人家干这行当。这行当虽说隐晦，但邻人自然心中有数。

李寡妇想来姓李，她有一个扎耳的名，叫斯思。据说这名字是她娘给取的，她娘姓斯。李斯思虽说算不上风华绝代，但在沈家庄这地界上，也算得上是一个风姿绰约的女人。这样一个女人往村里这么一走，不引来几双眼睛盯着，那算是沈家庄的男人都活瞎了。偏偏她男人死得早，搞得庄里的男人一个个睡不踏实了，烧心灼肺的。

男人们睡不踏实，女人们更挠心了。自此，沈家庄的女人多出了一件烦心事，看紧自家的男人。

这活计可累了心了。四条腿的好管，两条腿的可不好管。到后来，搞得村里的女人都怀疑自家的男人与李寡妇有一腿，玩起了莫须有。那么，阿成是谁的种？

阿成自然是他爹的种。阿成他爹走的时候，阿成就已经在他娘的肚子里蹬上腿了。只是，没了爹的阿成从小就缺个爹管着，淘气时李寡妇又下不了手打他。

阿成偷过南瓜吗？

阿成偷南瓜的事比他娘偷人那一出要靠谱多了。李寡妇偷汉子大约是妇人们捕风捉影的事，没被人堵在屋里过，一次也没有。但阿成偷南瓜是板上钉钉的事，逮着他的正是蒋茶花。蒋茶花扭着阿成要上门找李寡妇理论，但老沈头却力劝放过了阿成。老沈头觉得，这没爹的孩子很可怜，有点小毛病不必太追究。

李寡妇是个爱唱戏的人。她用唱戏的法子来打发无聊的时光，也算是填补了不少空闺的寂寞。可偏偏是迷上了越剧名角戚雅仙的戚派，尤其爱唱《血手印》，搞得家里的气氛很不好。阿成可不答应了，发了火，让他娘不要唱这些个哭腔的戏文。可李寡妇迷上了戚派，想要她改成黄派、傅派、金派，一时半会她也扭不过来呀。这么一来，李寡妇只好换戏了。最近，李寡妇学唱起戚派的《白蛇传》选段《许仙从此决心改》。戏文里说的是，金山寺的住持法海拆散了白素贞与许仙的一段人妖姻缘。他日，许仙与白娘子在苏堤重逢，白娘子数落许仙受人蒙蔽枉费了她一番心。许仙觉得愧疚，一个劲地赔罪：是许仙不好，是许仙不好。光是这一句赔罪，戏文里就唱个没完没了。阿成终于又火了：

"死了算了！这没骨气的许仙。"气得李寡妇在一旁直翻白眼，当时就中断了唱词。

阿成并不知道，死了男人的李寡妇是最忌讳说叫男人去死的。许仙虽说柔弱了些，但他敢于去爱一个蛇精，那也是重情重义的人呀。

自从田没了，阿成百无聊赖了。十七八岁时，他倒是学过一段时间的木匠，但受不了师傅的苛责，学到一半就放弃了。没有手艺的人在村子里那就是个四不像，只能拿起个锄头铁锨刨地。如今，阿成又种不了田了，整日里无所事事。人闲着就容易犯臭毛病，阿成在楼下邀上几个人玩起了骰子，玩着玩着，人就聚拢了。李寡妇倒也阻止过，但阿成从十五岁以后，就不由娘了。

这些天阿成玩骰子有点收不住手了，要到深夜才歇着。这么一来，早起就成了问题。李寡妇生了闷气了，一时连唱戏都提不起神来了。

李寡妇去敲门，说："阿成啊，该起床了。你倒是看看，现在都几点了，这样下去可不行。"

这样下去当然是不行的，李寡妇还等着为阿成娶一房媳妇、生一两个孙子呢。倒是有邻里张罗着去邻村提过亲，但当对方了解到阿成并无安身立命的手艺时，一个个打了退堂鼓。

"阿成啊，你总得弄点事做做吧。"

李寡妇整天在儿子耳边唠叨，搞得阿成也烦了。他开始被逼着去思考人生了。思考了一段时间，阿成还真有了一个方案了：早上贩卖蔬菜，白天回收废品。

阿成去弄来了一辆旧三轮车，开始了他的新生活。

在离阳光小区门口不足一百米的地方有一座桥，那桥坡上最近自然形成了一个小市场。上午，阿成与那些个大叔、大妈挤在一起，设了一个菜摊。他从不吆喝，但菜总是第一个卖完。这其中自然是有原因的。他从不死咬着价，比边上的菜价低上个五毛一块的都无所谓。因为一卖完，他就可以去走街串巷收购废品了。收购废品可比挤在老人们身边好多了，他可以与那些小媳妇打交道，说些油话。日子久了，倒也与周边几个小区的妇人们混了个熟。

这天，他刚摆上菜摊，蒋茶花过来了。阿成远远地望见那老婆子神色不对，到了近前，果真一把拽住了他的三轮车，闹腾起来："你这个偷菜的贼！今天这车菜就顶了昨天你从我家地里偷的那畦菠菜吧。"

阿成可不答应，呵斥道："凭什么你家丢了菜就赖我头上？"

"凭什么？凭你偷过我家的南瓜，凭你的三轮车，凭你现在摆上了菜摊！"蒋茶花一口气说出了三个理由，大有把阿成偷菜的事坐实的气焰。阿成最烦的是跟老婆子争执，这要争执下去，非得耽误他收购废品的活。再说了，这么多人等着看西洋镜呢，便收敛起心火，软着口气说：

"你要菜是吧，拿去，我这三轮车上的菜，你能拿多少算多少，行了吧？但有一要求，你只能拿手捧，而且就现在，只给你一次机会。"

蒋茶花果真弯下身去抱，实实地抱了一大捧菜走了。她心里满意，算是讨回了公道。而阿成哪能咽下这口气，冲着蒋茶花的背影，在心底里骂了一句："死老婆子，你今天抱走的，我改日加倍要回来！"

过了惊蛰，光秃了一个寒冬的枝头开始吐露一片片翠绿，布谷鸟开始在沈家庄的山头鸣叫。这天夜里，大约睡到四更天，布谷鸟就把老沈头叫醒了。老沈头翻了个身，但又侧身睡着，没有要起床的意思。老沈头知道接下来脊背会越睡越发抽，但天还未放亮，起床又有何用？

蒋茶花自然也醒了，她本来是个心躁的女人。这要是在以前，早起床去生火做饭去了。吃了早饭，然后可以催促着老沈头去干活。可现在不同了，田没了，种了一辈子田的老两口临了了过起了量米吃饭的"供应户"，起那么早干吗？沈家庄那山头的一片自留地，都快被老头子打理得起了棱角了。如果是妇人的头，那都快刨秃一层头皮了。可那块巴掌大的旱地，能刨出金疙瘩来吗？蒋茶花紧闭起眼皮强迫自己睡过去，忽然，她被一种隐约的声音吊起了精神，眼皮一下子睁了开来。她用手肘顶了一下老头子，说："听听，那是什么声音？"老沈头竖起耳朵来一辨，发现隐约里有一声声公鸡的打鸣声。这下可睡不踏实了。老沈头翻身坐起，穿了衣服便循着声音去找。

那声音离得那么远，不应该在楼下。老沈头下意识地右拐，遇到的是小区临街的最后一排楼。不应该啊，红冠不可能在这里。老沈头开始往回走，他的目光还是朝向低矮处。或许，红冠在哪个垃圾桶边上啄食呢？否则，它也没地方找食呀。

四更的天仍然黑魆魆的，可借助的光明只有那一盏盏路灯。但鸡已经感受到了东方有一丝白在扯动那一片浓重的黑。这个有灵性的精灵在静夜里是一名先知，它从不贪睡，先于那些睡着的人醒来。老沈头的腿肚有点发软，他打着趔趄，把手扶向了墙面。前面的那一排楼被黑暗包裹着，那里居然没有路灯。正当老沈头想折回时，一声鸡鸣传来，比之前的要清晰得多。就在前面，不会错，那鸡鸣就从那一排黑漆漆的房子前传来。老沈头伸出手去，他右手扶的是墙，左手却摸到的是黑，而鸡鸣是指引他前进的方向。他用耳廓辨认着那熟悉的声音，在一棵树下站定。那声音清晰地在头顶鸣叫，是一种久违的招呼。他张开了双臂，把那棵黑暗中的树抱住，仿佛抱住了红冠，抱住了念想。他闭上了眼睛，事实上与睁开眼没什么区别。隐约里他感觉到，从某个角落里汩汩地泛出一层层绿，弥漫开来，席卷了眼前的一整片黑。他开始在这一层绿上平整、播种、插秧、施肥。一片金黄，从另一个角落里渗透，覆盖了那一层绿。那看到了摇曳的低垂的丰收，镰刀割断稻根的清脆裂响。青草味从割裂的稻根处泛起，钻入他的鼻孔时，一双裸足已深陷泥里，肩头的老茧赶趟儿似的发起了麻痒。他的口中发出了负荷走路时的杭育，这一声声杭育由低沉滑入高亢，后一声追赶着前一声的脚跟，让他不能自已。他看到红冠就在他的身旁，啄食着刚从田里收割回来的稻谷，像是回到了从前。他开始傻呵呵地笑。

啪！一个巴掌抽在老沈头的脸上。老沈头睁开了眼睛，发现蒋茶花站在面前，向他当头就是一句：

"你发什么神经！"

天已放亮，老沈头赶紧一抬头，发现树上的红冠不知什么时候不见了。

"你把红冠唤回家了？"老沈头疑惑地问。

啪！又是一个巴掌抽在了老沈头的另一边脸上。

"哪来的红冠？"

老沈头指了指树冠，说："原本它是在树上的，直打鸣呢。我想我是找到它了，但天太黑，我又不敢摸黑爬树，想等天放亮了后再唤它回去。"

"红冠飞走了，难道他不认得主人了吗？它看到我应该跟我回去的。"

老沈头嘟囔着往家里走，蒋茶花翻着白眼跟在后面。刚走了几步，他像是想起了什么落在那里了，自言自语地说："那是几幢？"

"不用回了，是十八幢。"蒋茶花吼了一嗓子。

虽然没有找回红冠，但阳光小区的居民还是有不少人听到了鸡鸣。看到老沈夫妇一前一后走来，邻人们还是少不了一句问："你家红冠找着了？"

老沈头先是点了点头，马上又换成摇头。虽说今天没有找回红冠，但毕竟有了红冠的信息。那么，只要今后的早晨有了鸡鸣，老沈头就有找回红冠的希望。

知了是可以用网兜兜住的，要不然你还没够着它，就吱的一声飞走了。大约这树上栖居的鸡也是可以用网兜兜住的吧，我应该准备一只捕鱼的网兜，下次趁着天未完全放亮时，把红冠兜住，可保万无一失。

老沈头想到了用网兜捕鸡，便如同看到了一鸡在手的胜利。他决定，等抓回了红冠，得在鸡腿上缚一条绳系着，省得它又跑没了。

不用去得太早，在天放亮前赶到就行。鸡生了一对鸡毛眼，没有光亮它就动不了。只要打鸣声在，红冠就挣不脱自己手中的网兜。老沈头从车棚里找出一只昔日捕鱼的网兜，系在了一根长长的竹竿上，然后举起，目测了一下。那系了网兜的竹竿足有两丈高，可以套住十八幢前的那棵枇杷树上的任何一个悬挂物。

鸡鸣犹在，正是出门的好时机。这一天凌晨，老沈头下楼转到了十八幢的树下，见一个黑黑的影子立在枇杷树的枝丫上，不时地梗直起脖子，发着喔喔声，心中窃喜。他蹑手蹑脚地逼近枇杷树，缓缓地举起网兜，照准了影子迅捷地扣了下去。只听得啪的一声，竹竿打在了枇杷树的另一枝翘开的枝丫上，与影子所立的枝丫相差了一筷子的距离，惊得那影子扑棱棱飞向另一棵树去。老沈懊恼不已，没想到会是这么个结果。但他心犹不甘，擎着网兜拔腿便追，一网兜又扣了下去。那公鸡格格地叫着，像是吃了一竹竿，负痛又飞向别的树枝。老沈头仰头看时，树上纷纷落下一阵鸡毛来。他又是着急又是心疼，破口就骂："畜生，你见了主子为何要跑？跟我回去。"于是，擎了竹竿，继续一路追去。那公鸡最后飞上了一棵四五丈高的水杉树，老沈再怎么往上钩，也相差了两三丈的距离。老沈擎着竹竿蹦跳了几下，实在是无济于事，他气得拿竹竿往上一丢，想要射中那公鸡。但竹竿往上爬蹿了一截，离公鸡还有一丈远时，便斜斜地往下掉，哐啷啷掉在了老沈头的脚边。

老沈拖着竹竿回到了家里。蒋茶花见老头子空手而回，便知道没了结果。老沈头一个劲地摇头叹息，口里喃喃着说："想不到，想不到，这鸡成了飞鸟了！这一惊啊，不知道还能不能回来。"

三天过去了，老沈没听到鸡打鸣。又是七天过去了，阳光小区里还是没有打鸣声。老沈开始有点后悔自己的猛撞了。要是没去拿网兜抓它，至少还能听到鸡鸣。听到鸡鸣，自己心里就踏实些，至少能够感觉到红冠就在身边。

正当老沈以为红冠不会再回来时，鸡鸣居然又出现了小区里。而且，还是回到了十八幢前的那棵树上栖身。

红冠回来的那天晚上，便跳入了老沈头的梦里。它居然开口说起了人话，说："主人，我只是个过惯了糙日子的货，我宁可住过去的鸡窝，也不适应现在的楼房。你也知道，我最喜欢啄食的还是些粗粝的谷物，那样便于我吞咽。再就是，小区里不让养鸡，环境也不允许。这对你来讲可能不打紧，可我那么雄健的体魄，怎么能没有母鸡呢？"

老沈头想了想，这畜生说得似乎句句在理。是我想得过于简单了，还以为只要有口吃的、给个安身的地方，这鸡就会受人摆布，去适应笼子般的生活了。于是，老沈头俯下身去，安慰红冠道："你的要求我都可以满足你，连母鸡我也会给你留着。就一个要求，你不要离去。"

那红冠面呈为难之色，摇着头叹息道："主人哪，你满足不了我的。我有个活动空间的要求，你给不了。无论是车棚，还是你的房间，住不过一周，我就会胸闷气短。我是个野惯了的货，喜欢登高望远，看那一望无垠的绿色田野，在踌躇满志里让我记得我还是个雄性。再则，我实在也看不惯这些个农人，居然不要了那些锄头，住在挤压的屋宇里转悠。"那鸡停顿了片刻，一甩头抛出一句话来："他们大约已经忘记了自己是农人了吧?"

老沈头一时接不上话,愕在了那里。他想到了辩驳,于是指了指门背后的那把锄头说:"我可是没有丢了锄头哦,我至今还在刨地。"

红冠面呈不屑,说:"主人啊,那山坡上的两分半旱地能种水稻吗? 你用那里种的菜叶子打发我,清汤寡水的,让我怎么活下去?"

老沈头呆呆地愣在了那里。他觉得红冠的出走完全是他的错,但住进了公寓的他,实在又不具备吸引红冠的硬件。正在老沈头一肚子的愧疚之时,红冠抛下一句:"主人,我还是走吧,你也不用来找我,那是我选择的活法。还有,你也不要想着用网兜来抓我,我实在也不想成为你网里的猎物。"说完,扑棱棱飞出了窗外,没影了。

"你回来,别摔着!"老沈头一个翻身从床上坐起,发现房间里黑咕隆咚的,什么也看不到,才意识到自己只是做了一个心思梦。

上了年纪的老沈头半夜这么一醒,想要再睡着,就有点困难了。他躺在床上叽叽咕咕地胡思乱想,直到听到那一声声的打鸣。

红冠还是没走远,也就是说,它还是有回家的可能。只是,有了第一回的失利,老沈头可不敢贸然下手了。他得想一个万全之策,一举留下红冠。他想到了用食诱的方法,把红冠从树上引下来,用更大的渔网兜盖住它,便可以抓住了。他开始打听哪里有稻谷可买,因为红冠习惯了吃稻谷。它连米都不愿意吃,何况是饭粒。它喜欢稻谷粗粝的口感，十分讨厌黏糊的饭粒。每次饲以剩饭，它都啄得粘住了喙，晃着脑袋想要把那些粘住的饭粒甩脱掉。几次下来，红冠对饭粒就敬而远之了。

"老沈，你们家的红冠回来了。你什么时候把它请回去啊？"

没想到的是，老沈头一打听稻谷的事，人家就问他同样的话。

"不急不急。既然红冠回来了，我一定想办法把它弄回去。"

"老沈，哪天你想把红冠弄回去的时候，如果需要帮手，你吭一声。"

老沈头一听，这个好，我还正愁人手不够呢。便应和着："那到时劳烦你了。"

这一晚，老孙比往常睡得更早一些，他计划着凌晨去十八幢把红冠唤回家。至于那些自告奋勇的邻人，他希望在把红冠诱下枇杷树后，能帮他拦截围堵一下就可以了。然后，他会用事先准备好的一条小指粗的苎麻绳，打一个死结，系在红冠的腿上。就把红冠关在车棚里，即使打鸣，好过了这些天站在树上扰民。至于如何消除红冠在车棚里打鸣，他也可以慢慢地想办法对付。或者，可以在晚上用一条橡皮筋套住鸡喙，白天时再取下，这样倒是可以解决它打鸣的烦恼。由于睡得早了些，三更时分，老沈头便醒了过来。他望了望窗外，天黑沉沉的，此时起床应该还早。于是，他翻了个身又闭起了眼睛，迷迷糊糊地竟又睡了过去。

恍惚里老沈头等来了第一声打鸣。他急急地起身，捏了一勺子稻谷便下楼去了。老沈摸黑来到十八幢楼下，发现天色竟然在他步行到十八幢楼下这短短的时间里居然次弟放亮，着实令他担心起来。天一放亮，红冠的视力就恢复正常，稍有动静，红冠必然会受惊飞走。老沈头想到了快速赶到枇杷树下，但马上又放慢了脚步。他不敢因一时大意而吓跑了红冠。还没到树下，老沈头先是抬头望去，发现那树丫上安然立着一只鸡的背影，一下让他心定不少。只要红冠还在，我就有办法把它诱下树。

老沈头轻轻地唤起了咯咯咯，一只手撒着好不容易买来的稻谷，枇杷树下瞬间散落了星星点点的金黄。那树上的鸡听到了老沈的召唤，一低头，便看到了久违的稻谷，果然扑棱棱飞下了树丫。它开始一次次地啄食，而老沈头却在一旁默默地观察着。他发现红冠瘦了一圈，这些天风餐露宿的，过的是什么日子哦！他的眼眶有点湿润，边撒谷边往后退。他想把红冠领回家，领回到车棚里。今后，大不了从牙缝里省下些吃的，也要为红冠买来稻谷喂它。

突然，从他背后呼啦啦跳出七八个邻人来，嘴里喊着："老沈，我们帮你一起来抓鸡。"还没等老沈允许，这些人一起扑向红冠。那红冠受了惊，咯咯咯地叫着，左冲右突，忽然从一人的裆下钻出了包围，紧走几步，一拍翅膀，扑棱棱飞上了树。

老沈头急得直跺脚。他向那些人喊着，你们坏了我的事了。没有人去理会老沈头的埋怨，那些个说是来帮忙的邻人此时心思全放在了鸡上，一个个跃跃欲试，年轻的还爬上了树，去掏那公鸡。那鸡没想到人会上树逼迫它，惊慌失措地飞向另外的一棵树。而那些个邻人并没有罢休的意思，反而激起了更高涨的热情，几个人还喊了起来："今天非抓住它不可。"

望着一片片从树上掉落的鸡毛，老沈心里泛起了一层层的难受，眼泪抑制不住地往下掉。他呼喊着那些人："你们停下，放过红冠吧！"

没有人理睬他，老沈甚至不能确定有没有人听到他的呼喊。他一把抱住了那棵枇杷树，身子却瘫软了下去。许久，当他想要起身离开时，冷不丁地发现有一个人静静地站在十八幢的楼下，发着嘿嘿的冷笑。他认得这个人，这人便是李斯思家的阿成。

阿成并没有参与那一场赶鸡的闹剧。不过，有一点他深信不疑，这被赶走的鸡只要不被弄死，还是会回来的。他正愁想不出法子来气蒋茶花呢，这鸡要是回来了，他非得把它弄死。不，最好是把它弄到自己肚子里去。至于老沈头嘛，虽说这老头人还不错，但只能说声对不住喽。谁让你家老婆子从小就跟我不对乎呢！

那些赶鸡的人陆续回来了。他们在经过老沈头身前时，居然没一个人搭理他。老沈头觉得这些人像是刚看完一场精彩的社戏散场似的，津津乐道的是那戏里的情节，以及参与的乐趣。而对于一个没有参与的自己，认定了没有与他谈论剧情的必要。关于红冠的去向，没有亲历的老沈一无所知。他从地上捡起盛谷的勺子，无奈地回了家。那棵枇杷树下，仍留着一摊鸡来不及啄食的稻谷。红冠会记起这些主人撒落的念想吗？

一只被赶走的鸡大约是不会回来了，如果鸡还有记忆。然而，半个月后，红冠却再一次回来了。而且，还是回到了十八幢前的那棵枇杷树上，唱它的晨曲。这一回来，可以断定，鸡是没有记忆的。

对于老沈来说，这是静候已久的喜讯。对于阿成来说，他的鼻尖似乎已经闻到了肉香。而对于那些把鸡赶走的人来说，又开始密谋起如何再把鸡赶走。

用网兜抓？这似乎不太保险。那重重叠叠的枝丫，让网兜近不了鸡身。但阿成有的是办法，他想到了儿时打鸟的弹弓。

在鸡鸣响起的时候，阿成破天荒地起了个大早。他站在了枇杷树下，拉开了弹弓，嗖的一声，一粒石子穿透了树叶的缝隙，打中了鸡的右翅膀。那公鸡一声惨叫，负痛张开了翅膀，意欲飞走。然后，它起飞的动作在空中却转换成了跳离树枝的纵身一跃，打开的右翅膀马上又收了回去。它感到了疼痛，就在吃了石子的部位。这让它失去了飞翔的能力，它无法控制住自己的姿势，在空中斜斜地往下坠落，落在了枇杷树下。一着地后，那鸡知道自己没有脱离险境，便拖着一只伤残的翅膀趋步逃窜。

阿成哪能让它跑脱，只一个飞扑，就把鸡压在了身下。但见阿成左手摁住鸡身，右身抄住了一双鸡腿，倒拎起公鸡起身便走。

如果鸡会呼救，那此刻的鸡应该呼唤的是老沈头。如果老沈头能够及时赶到，那阿成就只能罢手。被倒拎着的鸡当真在呼救，它的喉头发着垂死前的叫声，像哀求，更像哀号。只是，当老沈头来到树下时，他只能看到一个镜像：一地的鸡毛在晨风中打旋。他知道有人赶在他之前把鸡抓走了，他本该想到的，他的红冠被人惦记上了。这是离家的红冠难以挣脱的结局。

但蒋茶花要为红冠的结局送上一曲咏叹。她又转到了李斯思家的楼下，叉着腰开骂。刚骂出去几句，楼上啪地扔下一包湿漉漉的东西来，正好丢在了她的脚边。李斯思在窗台上探出了半个身子，正朝着她发着一脸的嘲笑。

　　蒋茶花低下头去，发现是一包刚从热水里捞出来的鸡毛。她意识到这正是李斯思母子干的好事，气得刚想发作，但又愕在了那里。那一包鸡毛中夹了一个血淋淋的鸡头，而那鸡头上的红冠整齐而高耸。

　　这不是她家的红冠！她家的红冠鸡冠残缺，并有黑色的斑点。

　　红冠没出事。呵呵，咱家的红冠终究会回来的。

一名罗锅擦鞋匠与一名卖菜老太因误会而引起的冲突，卑微处见温暖。

锦园刘罗锅

1

在给客人提供服务的时候，我一般不聊闲篇。

别看我生意不大，但我也有自己的职业操守。我给自己的服务质量定下了几个字：快、黑、亮、净。

快，就是不让客人坐太久。要知道来锦园的大都是些流动客，来去匆匆，耽搁不了时间。黑，就是要让原先发白起毛了的部位重新抹得与新的一样，乌黑的。亮，说的是光黑了还不够，要擦出光泽，这一步最见手艺了。净，指的是不能让客人的裤管、袜子沾上一丁点的油，干净地坐下，干净地站起走人。估计你也看出来了，我是一个出色的擦鞋匠。我知道说自己是擦鞋匠是抬举自己了，只听说过鞋匠，可没听说过有擦鞋匠的。但你要是跟我较真，我也有自己的说道，我一天能赚个八九十块，这不比鞋匠少吧？三百六十行是谁规定的，难道就不能是三百六十一行？

我的外号叫"锦园刘罗锅"。这名号够响亮吧！听说过宰相刘罗锅，却原来锦园也出了个刘罗锅。没什么新鲜的，我姓刘，是个罗锅，在锦园门口设了个摊。要说我这个名号，在乔城城南这一片，谁人不知？

锦园是个热闹的地方，每天中午或傍晚，到了饭点，上班族或者附近懒得下厨房的，一个个都鱼贯而入。为什么？里面的中式快餐太地道了，口味正，价格也公道，生意能不好吗？不是有一句老话吗，有客流的地方就有生意，我全仗着锦园的热闹了，在门口摆了个擦鞋摊，老板照顾我是个罗锅，讨生活不容易，就准许我成了店门口的一尊"石狮子"。

门口的石狮子岂能是单个的，当然得成对摆放了。大约是在半个月之前，从南郊的村里来了个驼背的老太，姓李，在锦园门口的另一边摆放了一个菜摊。这下好了，两个看门的石狮子全齐了！有时候，遇到几个吃饱了喝足了，又爱打个趣促进胃肠蠕动的客人，出了锦园的门，便会开玩笑说：怎么，锦园门口的石狮子都是罗锅呀？

遇到这样无聊的客人我只能装聋作哑了。我曾经遇到过一个更无聊的，愣叫我站起来。我说你眼神不好吗？我是坐着的吗？

其实他说这话的时候知道我是站着的，只不过欺我站着与坐着一般的高，所以饶有兴致地说让我站起来。但我是一个外来户，老家是广西的，来乔城讨生活不容易，没打算过得罪什么人，只好把客人的戏谑当作平常心来应对了。

　　我与驼背李太没有什么过节，我擦我的鞋，她卖她的菜，谁也抢不了谁的客人。但当客人说两个罗锅的时候，我心里可有想法了。驼背也能算是罗锅吗？再怎么说我也算是个原生态的，驼背的成型却往往是后来自己整的。再说了，罗锅还出过一个宰相，身价高了去了，驼背有过什么名人吗？想不起来。想不起来就别想了，你只要知道这罗锅可不是随便充数的就行。

　　但也有实诚的客人，不但不会取笑我，还称我老刘，这人叫老沈，住锦园小区。他老婆卢兰更不用说了，这女人面相和善，从不动气。老沈爱坐在我的马扎上把两只脚交替地交给我打理，确切地说，是两只穿了皮鞋的脚。而他老婆总在路过李太的菜摊边时挪不动脚步，离开时手上总会多了一袋青菜什么的。补说一句，我习惯叫老沈老婆卢兰为沈师母。有一次沈师母拎着刚从李太处买来的青菜走过我身边，我也是无意间问了句："这菜多少钱一斤？"沈师母迟疑了一会儿，居然说不上来。后来她含糊其词地说："两斤多一点，说是一块五一斤，我给了她五块，也不要找零了。"

　　我说："为什么不找零呢？"我刚这么说时，发现李太远远地投来了一道怨恨的目光。但话已经说出口了，我又不能像晾晒的衣服那样往里打。这个时候沈师母已经有了回答，她说：

　　"看她这么老了，又驼着个背挑一副菜担，不容易，早点卖完可以早点回家嘛。"

　　我哦哦地应着，不再说什么。沈师母也回了家。

2

我在锦园门口摆摊有两个时间段，一个是中餐，一个是晚餐。到了晚餐结束后，我便背起我的工作箱，拎了马扎打道回府了。

我的晚餐是不可以交给锦园的，现在素的快贵过荤的了，一个人进锦园吃上一顿，差不多要二十块钱。二十块，那可是我做十笔生意的毛收入啊，如果算上成本，那我得做二十个人的生意。对，现在擦一双鞋收两块钱。我回到住处——锦园小区内的一处车棚，八九平方米的地，用开水就着两个老台门包子有味地嚼着，这算是我的晚餐了。是的，晚餐只花去我三块钱，有时候中餐也是，至于早餐嘛，我吃时吃，免时免，也没个定数。我通常吃完晚饭就是睡，我的床是楼上的住户扔在垃圾桶边的一张破旧的单人席梦思，旧是旧了点，但我很满意。

我没有夜生活，但那不能证明我不想。我能做的，大概只有睡在床上聆听相邻两幢楼里的夫妻生活。在鼓乐齐鸣、鞭炮震天里，我看着一对对新人走上楼去，共筑爱巢。出了年，我又能听到他们孩子的夜夜啼哭。而这些，对于我这个身体不健全的人来说是那么的遥不可及。但我想说明的是，罗锅不等于生理畏缩，我有我的诉求。搞笑的是，似乎没有人会认为我这样的人也有诉求，仿佛我那同样亢奋的诉求被我的罗锅的变形的肌理深深地掩埋了。但它却实实在在地存活在肌理的深处，我可以明白地说！

天热的时候，我不堪车棚中没有空调的室温，会独自来到河边，找一处浅滩下水，让河水浸没丑陋的身躯。这个时候我身子才是清凉的，包括我的诉求。蚊子无处不在，对准了我露在水面的头脸疯狂地叮咬。我时不时地把头脸没入水中，冒出时伴随着我转动的头颅水花飞溅，我试图以一出一没的策略来应对蚊子的进攻，不堪其扰。

等身凉了心却烦了，因为我身上的有些部位不是河水的浸泡能解决的。每当如此，我便起身逃离了河边。我会有意无意地走近一处地方。

那是一排透着粉色灯光的玻璃门。我放慢了脚步，用眼睛的余光扫过那暖暖的粉色，我不敢直视，怕被人迎面撞见。门后坐着几个娇艳的女子，她们向我招手示意，但我只是迟疑地看看。是的，大多数时候我只是看看就走。但也有一次，我实在按捺不住我的亢奋的诉求，心一横，进入了粉色的房子里去。就这样，我在粉红色的房子里清空了压抑已久的诉求。

我说的有一次就指的是今晚。今晚我显得很轻松，我清空了身上的负担，连同清空了我口袋里带出来的几张红币。我独自在路上多转了几圈，也不知道我是怎么转入到锦园门口的。时间大约已经是晚上九点。我看到了驼背李太，她居然，居然还坐在门口守着菜摊，我忽然闪过一个念头：她怎么总有卖不完的菜？

一个身影冲出了锦园小区，把李太的菜打包买走了，然后又急匆匆地跑回小区。那身影好像是沈师母，但也可能是别的女人。在昏暗的街灯里，我实在不能肯定。

我正要回身离开，却看到不远处开过来一辆轿车，从车上下来一个男子，把李太接走了。我揉了揉眼，不相信看到的一幕，但分明看到那辆车拐弯转入了大街，朝南郊开去。

3

第二天傍晚，李太比我来得稍晚些。因为有了昨晚的一幕，我才开始留意起她来。她挑着一担自留地里刚起的蔬菜，大约是些青菜、茄子、豆角之类的。说是担，其实不过是两边各用一只蛇皮袋打底，上面用几根布条缠绕着，用一根棍子两头的凹陷挑起，搁在肩背之上。说到弯曲度，我感觉她的背并不比我的罗锅小些，那根充当扁担的棍子很难分得清是搁在她的肩上，还是背上。仿佛迈出每一步，都将用尽她所有的力气。但下一步又在前冲之中牵动起脚筋的摆幅，软绵如一个学步的孩子，完成着两腿的交替。她就这样晃晃悠悠地走来，她一到，便放下她的菜摊，在沿阶上坐定，至此，锦园门口好像才有了气象。是的，有时候我也以为李太与我倒是锦园门口不可或缺的风景，不要说那些看惯了这风景的客人了。

客人们进进出出，说说笑笑，也有不声不响的，像是心事重重。但当他们经过我俩面前时，都会或多或少地流露出一丝不经意的浅笑。我这样想，如果客人们觉得锦园门口这一对"石狮子"，一个公一个母，一个罗锅一个驼背的，能给他们发几声笑，抖落身上的烦恼，轻松一下，我倒是挺乐意充当这个角色的。

这时候李太摊边传来了对话，老太太，你怎么每天这么晚了还在这里卖菜呀？唉，你们不知道，一家有一家难念的经。老太太，难道你没有儿女？你儿女们怎么会放心得下？这，这让我怎么说好呢？我有儿子，不瞒你说，是我儿子要我来卖这些自家种的蔬菜的，如果没卖完，挑回去，要遭我儿子骂的！

锦园门口可炸了锅了，就为了李太口中那个要骂娘的儿子。我听到了谩骂声声，不绝于耳。然后，我更看到了奇怪的一幕：大伙骂完了那个不肖子孙后，气也出了，人也该走了，都做一个同样的动作，各自捧上一捧菜，往摊上十块二十块地扔钱。李太的菜顷刻之间被抢购一空，只剩下垫底的几只蛇皮袋和一根担菜的木棍，而袋上则换成了一堆纸币。这可是真神了，李太只需几句话，便让自己的菜转眼换成了钱，而那堆钱明显要多出平时的许多。

这是变戏法吗？我目睹了这一幕，脑子里却回想着昨晚把李太接走的那辆小车，觉得哪里出了问题，可一时又理不出头绪来。李太端坐在那里，面无表情，这个时候的她倒真像一尊石狮子。我想，我是无论如何也猜不透一尊石狮子的心思的。

晚上，我睡在租来的车棚里，怎么也睡不着。直到我想好了第二天去锦园门口，等那辆来接李太的车，去揭开这个谜底，这才睡去。

因为晚上的计划，今晚我早早地收了摊。我去家里放下工具箱和马扎，草草地用了晚饭，便趁着夜色的掩护绕到了街口。

我找了一处背光处站定，这位置刚好是锦园临街的拐角，不单是背光遮阴，而且是一处公交车站点。我就隐蔽在站牌后面，我想，那车子一定看不到我，而我却能听到开车的年轻人与李太的对话。

我从暗处望过去，李太还坐在锦园的门口，可是锦园已经准备打烊了。李太面前还摆放着最后的一堆青菜，等着人来买走。

4

　　锦园到了打烊的时间，几个服务员在麻利地打扫着卫生。可驼背李太还有最后一把菜需要出手，如果带回去，那明天更卖不成了。当然卖不成的菜还有一个用处，做成咸菜，自己慢慢地吃。

　　我过腻了咸菜拌饭的日子！

　　一个声音从锦园门口传来。我打了一个激灵，仿佛听到了娘的唠叨。

　　"我从娘家到夫家，哪一顿离开过咸菜？我嫁过来的时候身子骨就单薄，又接连生养了两个娃，后来他爹死于一次农田电线的漏电事故，这让我的日子……我每天就着咸菜下饭。你说说，咸菜有什么营养？我讨厌咸菜！"

　　我蹲在哪里，耳朵却听得真切。而且奇怪的是，这李太的唠叨怎么与娘的那些絮叨一般的像，这让我仿佛一下子回到了那个遥远的广西小山村。我就是受不了娘几十年的絮叨才下决心离开的，但也许更像是为了离开那些咸菜拌饭的日子。说真的，我一听说咸菜拌饭就想吐，这过去的日子可真不是人过的。现在虽说是包子度日，但馅可是真真的瘦肉啊，比较起来，这日子可不知提了多少个档次了！

　　这时候我看到驼背李太的儿子开车过来了，他大约都在这个点来接娘回家。下午驼背李太从家出发的时候，他儿子大约还在上班，加上有一担菜得挑着，所以驼背李太都是步行来锦园的。她儿子每次把车停下时不多待，我估计他希望看到的是一个已经卖完菜整理好挑子的情形，但今天他失望了。因此，他看上去有点恼，一停下车便过来从地上抄起那堆发干的老菜叶，走向公交站点附近的一只垃圾桶。天哪！我在公交站点的边上闪着，一旦他靠近，准保能发现我。

我开始环顾左右，看能否寻个藏身之所。但李太的儿子紧走慢跑地越来越近，这可怎么办好呢？情急之下我只好把身子一挪，顺势蹲在了垃圾桶的一侧。

我并不确定自己那罗锅的身子是否被夜色遮掩了，只是一味地屏住呼吸蹲在那里。我发现心跳得厉害，暗暗地骂了一句："我这是在做贼吗？这窥探隐私的滋味可真不好受。"

李太的儿子过来了，在把烂菜叶子往垃圾桶里扔的时候明显地稍稍停顿了一下。很快地他又走了，远远地我看到他二话没说地收拾起挑子，连人带挑子地把驼背李太塞入车子里去。可事情没有那么顺利，驼背李太坚持着不让他关门，作势要下车，嘴上还嚷嚷不休，"你让我死在这里算了，谁让你来接我的，我自己也可以回家的！"他儿子一声不吭，弯腰把李太挂着车门外的一条腿塞进了车，刚要关车门，那李太却又重伸了一条腿在门外，作势要下车。

这下李太的儿子可恼了，低吼着说："娘，我在去扔菜叶的时候看到了罗锅刘了，人家或许已经盯上你了，你就别再丢人现眼了！"

"盯上我又怎样？我卖我的菜，他擦他的鞋，有什么相干？"驼背李太说这话的时候声音明显弱了许多，看似少了些底气。因为她心里明白，她在卖菜的时候用上了一招促销手段，那手段说起来好像并不敞亮。说完后的李太忽然变得听话了不少，终于顺了儿子的意，上车离开了锦园。

5

今天的生意特别忙，而且客人的话也好像比往日多。但离我不远的李太却生意清淡，我发觉她好像很不开心，有几次还在狠狠地瞪我！我感觉很好笑，难道今天原先想买菜的在走到锦园门口都改了主意，换成想擦鞋了？不可能的事嘛。所以，你李太的菜卖不出去与我有什么相干，何故要狠狠地瞪我呢？

我擦一次鞋只收两块钱，如果客人见我是个罗锅，讨生活不容易，要给我五块，我是坚决不要的！我只收我应得的劳动报酬，我不要别人的可怜。再说了，我就是一个四十来岁的光棍汉，一个人吃饱全家不饿，有什么好可怜的！我来乔城讨生活，只是因为知道外出打工的老乡说起乔城时，一脸欢喜的样子，我想那一定是个富得流油的城市，我不如去那里讨生活吧，也别在家里守着几亩薄田了，现在真不是靠田吃饭的年代了。另外，我说过，我已经厌倦了嚼咸菜的日子了，顿顿咸菜，几十年下来，你说你能顶得住吗？

随着外出打工的老乡，我就这样来到乔城。我刚下了城北火车站，发现乔城的老板真把外地民工当人看，在火车站出口的广场上，来招工的老板们都是开着车子亲自守候着。他们见了我们外地民工热情得很，见人就拉，像见着来做客的亲人似的。对于民工提出的要求，譬如包吃住，包春节回家的旅费，提供夫妻房，甚至小孩子入学帮忙疏通教育单位的关系，老板们都是一个劲地点头答应。可轮到我时他们就只好说，不好意思，你这样的咱不敢要。是啊，我能干什么呢？要体力没体力，要身高没身高，接回去万一是个病秧子，那不摊上事了吗？

我能干什么呢？我来到乔城总得找个赚钱的行当干干吧。好在我在临出门时已经有了主意，否则真要乱了方寸了。我听说老家出来的擦鞋妹混得不错，一天能弄个五十到一百的，我打定了主意，不如我也干擦鞋得了。

我出门时只带了八百块钱，坐火车用去了三百，我在城南锦园小区租车棚住，好说歹说只向房东预付了三个月的房租费共四百五十元。这样一来，我揣在兜里的只剩下五十了。我在小区里捡了些住户扔在垃圾桶边上的装修废料，估摸着敲成了一只擦鞋用的工具箱，然而又动手钉了一只马扎，又花了二十元去买了鞋油、板刷、黄蜡等，这样我第二天就可以开工了。

我在城南转悠了一圈，发现客流量最大的还是锦园中式快餐店。快餐店对面的锦园小区也是一个有着几千家住户的大社区，于是我便在锦园快餐店门口设了摊。店主是个厚道人，他从来没有因为我是个邋遢的罗锅而赶我，允许我在门口设摊做生意。我有时也会考虑到给客人节约点时间，趁客人用餐的时候走到客人身边，征求是否要擦鞋。凡是有擦鞋愿望的客人正好为自己节省了时间，于是伸出一条腿来，交给我打理，边吃饭边擦鞋，一举两得的好事。有时，大家混得熟了，客人们喜欢拿我逗个闷什么的，譬如说我别老坐着，站起来走走之类；又譬如把我戏说成给锦园把门的罗锅石狮子。我并不生气，但也不作贱到自己去迎合他们的戏谑去。我是个罗锅不假，但我有自己的活法。

6

我一般比李太收摊得早，当客人日见零散时，便是我起身离开的时候。我刚背起我的工具箱拎着我的马扎要离开，突然有人在我背后打了一记闷棍，好在由于我的罗锅背挡了大半的打击力，没有造成多大的后果。我忍着背部的疼痛吃惊地回头，想看看打我的是谁，却只见李太捏着一根棍子在手站在那里。我正想问问她为什么打我，第二棍却已经呼响着砸来。我赶紧往外躲闪，但还是慢了一步，这一棍砸在了我的工具箱上。耳听得哗啦啦一声，鞋油、板刷、黄蜡、擦布，零零碎碎地掉了一地。我跳开一步，好让自己逃离那棍子的击打范围，但李太又紧走上一步，不依不饶。我想，看来今天李太与我一定有什么大的误会了，否则也不会一整天瞪我，更不会拿棍子追打我。

我顾不上捡地上的鞋油等零碎物件，匆匆地离开了锦园，心想，惹不起还躲不起吗？说到底，我刘罗锅是个外地人，强龙不压地头蛇，不与你一般见识。

回到家里，我草草地对付了晚餐，便躺在床上细细思量。看来，李太一定是以为我今天告诉了所有人昨晚看到的一切，导致她的菜摊没了往日的生意。但我那晚那样做，只是想去弄明白一件事，那就是李太真如她所说的是被儿子所逼才出来卖菜的？或者说，我只是想证实一下，天下真有这么蛮不讲理的不肖子孙吗？

　　说真的，我可懒得去宣传别人家的糗事，那叫嚼舌。我一个外地人何苦卷入到这样的纷争，我惹得起吗？

　　但明摆着，误会已经产生了，我想我不可能在城南做生意了，我得担心李太的儿子来找我寻衅滋事。我可不想领受那小子有力的拳头。不如走吧。我到哪里去开始我的营生呢？有倒是有一处，对，就是那刚来时的城北火车站，那里也是客流量颇大的地方。

　　我这人做事从不拖拉，第二天便改为了去城北火车站设摊。

　　所幸的是，火车站的客流量更大，我的生意比锦园那里更好。我穿梭在车站内外，一拨一拨地迎接着客人，日子久了，就有熟客认出我来了，说，这不是锦园刘罗锅吗？

　　我只是点点头，不想过于声张，因为我担心我的行踪被更多的人掌握，那么很有可能会引来麻烦。

7

　　我所担心的事还是发生了。半个月后，李太的儿子赶来了火车站。未等他走近，我便收拾起家什往一处人多的地方躲避。我想，我得赶紧让人潮淹没自己，否则看架势要遭殃。

　　然而，我哪里跑得过李太儿子！这家伙年轻力壮眼明手快的，没多久便拉近了我们间的距离，他一把拽住我工作箱的背带，说："你等等！"

　　那一拽的强劲有力从背带传递了过来，明显发着一股狠劲，我想这下完了！我一下子瘫坐在地，等待着一阵拳脚的招呼。是的，在这个时候我只能装尿！一个手无缚鸡之力的罗锅，一个背井离乡的外乡人，有什么资本去跟一个壮汉力拼呢？

奇怪的是，事情没有我想象的那么糟！李太儿子蹲下身来，拍了拍我的罗锅背，和颜着说："喂，你跑什么跑？你认定了我是来滋事的吗？那你也太小看我们乔城的人了！对了，我叫你什么好呢？叫你老刘吧！"

我一看这情形马上起身，坐在我的马扎上，镇定下来的我却又装作像是个很能掌控局面的人似的。我挺直了那永远挺不直的腰背，很想听听李太儿子的下文。

"听说我妈动手打了你？"

我下意识地点了点头，又马上换成摇头。一下子又把自己的胆怯暴露无遗。是的，这个时候的我还吃不准他是善意的还是来找茬的，因此表现得不置可否。

"我是来向你赔礼道歉的！"李太儿子边说边还向我诚恳地点了点头。我这才放下心来，暗暗地骂了一句自己，娘的，真没出息！

"今天我找你是有两件事要说，一是替我妈向你赔个不是；再就是，愿意赔偿你的损失。"说着递过来两百元钱，说，"你看够不够，不够赔就尽管开口，我补上。"

我一把推开了他递过来的钱，心想，我哪敢要啊；再说，我的损失也要不了两百元呀！嘴上说："我那家什值不了几个钱，都是收拾了一些破烂自己整的，真不用赔钱。不过，既然你说起这个事，我想，我想对你说明一下，我真的没有说你们母子的坏话！从来没有。你想想，我一个外乡人哪敢嚼舌招惹什么是非啊!"

李太儿子听了我的辩解,苦笑了一下,说:"我没有说是你在背后说了什么话。我想,那应该只是我娘的个人猜疑吧。对了,我已经开导过我娘了,我说,刘罗……哦,是老刘,老刘他怎么可能说三道四呢,反正我是不会相信是你说了些什么的。再说了,这锦园门口那么多人进出,谁说了些什么,说得清吗?我看是个误会!"

对对对,误会,误会。我松了口气,顺着他的意思追加了两句。但忽然想起了那晚的事,说:"那天晚上你不是看到我了吗,还对你娘说兴许已经被我盯上……"

"嗨,我要不这么说,我娘能立马跟我回去吗?"

原来如此。我这才明白,这小子为了让他老娘顺从他的意思,竟然吓唬他老娘,说什么卖菜的事被人盯上了。

"要不……要不你还是回去吧,还在锦园门口擦你的鞋。"

我看着李太儿子这么说便犹豫起来,虽然说火车站的生意不错,但我毕竟租住在城南,要赶到火车站来还得挤公交,一天得花去两块钱,还挺费时。我心里说我正想着回去呢,可一张口却改了方向:"谢谢你的好意。你也看到了,我在这里生意也还不错,就不回去了。擦鞋嘛,人多的地方都可以的。"

"那不能!你不回去我和我娘怎么过意得去?锦园那里的人都认定了是我娘把你给打跑的;而我娘之所以敢打你,还不是因为有我在!所以,我这是诚心来请你回去的,说白了,这只是我和我娘的一份私心,让锦园的人看看你是可以在锦园门口好好地谋生的,没别的意思。"

听到这里，我心中已无顾虑，只说了一个字："行！"说完便立马背起工具箱，提前给自己放了班。我想，明天，我又可以坐在锦园门口了，做我的生意，为一帮熟客擦鞋。

8

要说锦园的客户与住户还真有情义。我才离开了半月，见了我一个个忙着打招呼，连那些平素里爱理不理的也搭上了话。

我的生意比离开前明显好许多，这让生意清淡的李太很是尴尬。本来，她为了打我那一桩事见了我已经够尴尬的了，这下，倒叫她感受了什么叫人情的冷暖。客人们变得很有耐心，当我在为一人擦鞋的时候，总是有人愿意排队等上那么一小会儿，一边等一边问我离开的日子去了哪里。我只说想挪个地儿做生意，没别的。大家也没有追问的意思，心照不宣而已。

我感觉到李太在一旁悄悄地注视我，可当我的目光过去的时候，总是很难捕捉到她的眼神，她会装作旁顾，或者低头整理她的菜。说真的，李太的菜真不是鲜亮的那种，大都长得比农贸市场的要小一圈，有时还能看到菜叶上的斑点，卖相真的不好。但你要是从农村出来的一定明白，这样的菜施的是有机肥，不施化肥不喷农药，炒了端上桌，口感好着哩！我忽然有了去买李太菜的冲动，在傍晚收摊的时候，我特地去李太的菜摊光顾了一下。

李太见着我来，分明地局促不安起来。我挑了几个萝卜，准备拿回去煮饭时蒸着吃。我把钱递过去，可是被李太挡了回来，说："钱是不收了的，算是赔那天砸烂的鞋油钱。"这倒让我为难起来，我不能白拿李太的萝卜，如果这样，我说我只有不买算了。李太见我如此，也就不再坚持。

今晚，我的下饭菜是李太种的萝卜。乔城的酱油很有味，比我们广西产的好多了，酱香浓郁。据说旧时，乔城出去赴外地开酱园的乡人足迹遍布全国。我正在埋头品味白米饭加萝卜蘸酱油的时候，门口突然暗了一下，抬头一看，却见是李太的儿子站在那里。我不明来意，惊愕地张着嘴，再也没有嚼动的意思。李太儿子随手把一袋番薯放在门口，说是来看望我的，说完就告辞离去。我心里颇感意外，怔怔地目送着李太儿子的背影，心想，李太还是让她儿子来赔我的鞋油钱了。更让我没想到的是，接下来，李太儿子隔三岔五地来看望我，一下子倒让我成了在乔城有了牵挂的人了。

我在空下来的时候会经常步到李太那边溜达，和她聊上几句，后来索性把摊位移到了李太这边。这下好了，居然让李太的菜摊慢慢地有了新气象，有几个顾客擦完鞋会顺便挑些菜回去，一些老顾客也重新回到了李太身边，至于那些曾经的传闻，大约被众人忘了个十之八九，锦园门口重新回到昔日的光景。

一日，我与李太正专注着各自的生意，忽然有一人随口说了句："瞧，这母子俩，虽说是一个年老一个体残，但都能自食其力，了不起！"

我想，说这话的人一定是个生客，约略是跟着朋友来锦园偶尔地撮上一顿，所以不了解我与李太的关系，故有此说。但就是这么不经意的一说，倒让我有了认李太为干娘的想法。我说："我以后就叫你干娘吧。"李太茫然地盯着我看，说："这路过的客人就这么随便一说你就当真了?"我说:"我是真心的。"

李太呆呆地看着我,好久才说出一句:"有一个陪着我坐在这里的儿子相互照应,那真是好福气哩!"

我说,我在老家有个爱唠叨的娘,跟你一般年纪。现在出来打工,能在乔城找到一个娘,还有兄弟,相互照应着,这才是我的福气呢!

一个考验社会诚信的小企业信用平台被一名小企业主骗贷后，业务经理走上了跨省追索之路。

寻找安禄山

羊年的春节暖意洋洋，让人感觉少了些腊月里的年味，就连乔城人餐前温酒的旧习也很少被人记起。风陵渡镇上的市景萧瑟了些，那些外来务工者明显没有往年多。镇上的各家企业门口的招工摊位前人迹寥寥，半天也等不来一个问询的工人。

郭子仪回望了一眼冷清的街道，忐忑地坐上了一辆开往安徽安庆的长途汽车，此行的目的只为寻找一位失联的安姓客户——安禄山。

一股子汽油味与一股子酸臭味纠缠在一起，肆无忌惮地弥漫开来，像两只屎壳郎在发酵的马粪堆里旁若无人地交配，滚球。一定是哪个三天没洗脚了！郭子仪心里开骂但实在懒得去搜寻污染源，因为此刻的他只关心一个令人头疼的目标——失联的客户，尽管他已作了最坏的猜想。郭子仪不能确定安禄山是否真的如他所猜想的那样，趁着年关悄悄地关停了企业。然后，年后又以迟迟未复工为假象悄悄地关停了手机。最后，在安徽的乡下老家或者某个小镇旅馆里躲了起来，像只变色龙似的隐没于山野僻壤遁迹于无形。那样，安禄山不但可以抹掉那些像按不住的浮漂那样不断冒泡令他头脑发涨的应付账款，而且还可以不去理会那笔行将到期的贷款的本金与利息的偿付。种种迹象表明，安禄山有可能成为一个失联的生命个体，隐没于某一个山村野店，过起了置身事外的清闲日子。不过，有人可不答应！

现在，郭子仪能做的只是凭借着安禄山留在他那里的一份客户资料作为线索，去寻找安禄山的下落。这样的按图索骥未免粗犷了些，因为在翻看了这份客户资料后，能为郭子仪找人提供帮助的也就只有那一张身份证复印件了。他按着上面所载的地址，慢慢地试图去接近这个只存在理论可能的目标，两脚却像是点在浮萍上那样软绵发虚。是的，安禄山可不会把自己扮成一枚固定标靶，等着郭子仪去瞄准射击。

郭子仪，一名微信平台的客户经理，一位刚步入社会的大学毕业生。现在有必要介绍一下微信平台是怎么一回事了。微信平台是一种信用贷款平台，它的全称是——小型微利企业小额信用贷款网上服务平台。觉得挺长挺拗口的对吧，有点像阿拉伯民族那边的默罕默德阿哈迈德之类的记不住，没事，你只需记住它的缩写——微信平台就是了。

估计你从单位的全称看出来了，微信平台是专门为全国的小型微利企业提供信用贷款的一种服务平台，与一些雨后春笋般涌现的小额贷款公司其实相仿。它是小微企业融资的又一种便捷的选择。说起来这应该是一件拓展金融资本扶持投资人创业的好事。

然而，每一宗信贷必存风险，而信用贷款的风险控制则更像是方格窗上黏糊的桃花纸，经不起带了雨丝的风吹吹打打。

三个月前，郭子仪在公司微信平台的网站上接收了位于风陵渡镇的一家服饰企业的贷款申请，便按程序展开了实地调查工作。

风陵渡安氏服饰有限公司，法定代表人叫安禄山，来自安徽省安庆市安平镇安桥头村。这是客户在申请栏上填写的企业资料的全部。网上申请没有要求申请人填写财务数据，故而业务人员还需实地调查提取相关资料。郭子仪拨通了安禄山的电话，双方确定了会面的时间。

当郭子仪步入安氏服饰公司厂区的时候，最先映入眼帘的是墙上一幅超大的标语：以人为本，以信立业。这八个大字用红色颜料醒目地刷在墙上，渗入墙面，尤其是那个"信"字的竖笔，拖长得夸张了些，末了又诡异地转换成点滴。这八个字占据了整个墙面，冲击着造访者的眼球，像要嵌入到人的心坎里去。郭子仪想，这标语的文字倒也司空见惯，并不具有什么新意，但布局未免张扬突兀了些，何故如此？是为了体现人本，还是立信？郭子仪当然不会去考虑人本精神，因为那是企业管理者的事。郭子仪侧了侧头，那是他考虑问题的习惯动作，他看到了那个信字下面的口部，发现那口部写得并不见是四方之形，而是把转折处刷成了圆弧，倒更像是一张会说话的嘴巴。郭子仪的脑海里腾地跳出一句老祖宗留下的话来——人而无信，不知其可也。微信平台考验的不就是一个人的信用吗？推而广之，则是全社会的信用。与其说微信平台意在建立的是一个借贷双方的信用关系，倒不如说在构建一个全社会的信用体系。安氏公司的厂区并不大，大约五百平方米，由临街的四间两层写字楼组成，办公区在二楼。其实，这样的场地更适合开贸易公司，甚至是酒家、网吧、足浴店。可偏有人选中了此地开起了服饰厂！郭子仪猜想着个中的原因，拾级而上，还未步入经理室，他的右手便被一双有力的大手握紧，一个五十有余的男子紧走几步已主动迎上了他。

"小郭啊，总算是把你等到了！我的财神爷！"

与许多创业打拼的企业主一样，安老板有着一副能哄人开心的巧舌。这是郭子仪参加工作一段时间后的发现，大多数生意人在有求于人时总是能及时地挂上一张挤出笑意来的脸谱，像一把随身携带的描花纸扇那样，需要送凉时便啪地打开来挨着人扇上那么一阵子，不需要时便又呼啦一下合起来插在脑后的衣领里，可谓开合自如得心应手。其实，这与哭灵人那张口就来的腔调并无二样。郭子仪从他虚假的话语中感受到了安禄山取得贷款的迫切心情。

对了，我今天来安氏服饰公司是来做一份信贷调查的。至于能不能放贷，一是要看调查后的综合评估，二是要看领导的风控分析结论。坦率地说，我可没有放贷的权力哦！

郭子仪刚把话说完，安禄山便急得挠起了头皮，连连说："别呀，兄弟，大哥，亲爷啊，办个手续非得要走这么多程序吗？能不能简单点，新时代快节奏嘛，我可等着进料开工呢！你倒是看看，我们工厂的设备闲置率也太严重了，都是因为资金跟不上啊，救救我们小企业吧！财神爷！再说了，繁荣地方经济、建设风陵渡，不正是我们共同的目标吗？"

安禄山摆出了一副嗷嗷待哺的可怜相，就差把郭子仪供起来三跪九叩了。这让涉世未深的郭子仪内心做了让步，他知道资金对于企业的来说，便如同鱼儿离不开水、草木离不开阳光。流动资金如脉动的血液，人的血管里要是没有了动静，那这个人离瘫痪也就不远了，资金对于企业何尝不是如此。但同情归同情，原则归原则，他还得不露声色地把信贷的程序一一走完。

"安老板，你也知道，由于我们这个信用贷款是零抵押零担保的，所面临的信贷风险是不言而喻的。"郭子仪在说到"零抵押零担保"这几个字的时候一面拖了重音，一面又用目光紧盯着安禄山的眼睛，发送着郑重其事的信号。安禄山游离的目光被郭子仪的眼神收拢在一起，静静地听着。郭子仪继续说："所以，公司要求我们客户经理必须把调查工作做到实处，你们安氏服饰有多少家底，我们还得一五一十地作了解、清点、核实，然后才能据此按规定打折以确定放贷的额度，这个还须请你理解与配合。"郭子仪接过安禄山递过来的一杯绿茶，呷上一口，表明了态度。

安禄山听到了"打折"两个字，他知道这是信贷的规矩，你值多少家底，人家不可能做到全额放贷。安禄山心里这样想着，嘴上可得应付道："那是那是，要什么资料，我一定提供，一定好好配合。"

安禄山此刻盘算的是只要能见到白花花的银子，至于手续繁简是完全可以接受的。只要能贷到款，他这一年来的奔波就算是值了。

一年的奔波？是的。安禄山为争取贷款已经上蹿下跳了一年多了。当他了解到微信平台后，如同船难者在海水中漂泊了多日，终于看到海平面上微露的大陆那样，看到了希望。

随后，安禄山领着郭子仪去察看了机器设备，楼上楼下地逛了一圈，郭子仪目光所及，安氏服饰公司大约有五十台工业缝纫机，新的旧的扎堆拢在一起，开着的闲着的状态各异。这的确只能算是一家小型生产企业了，如果每台按市价三千元作价，五十台缝纫机也就值十五万元。楼下停着的一辆半拉子新的依维柯小车，客货两用，挡得风也挡得雨。还有一辆八成新的马六，算是安禄山出门谈生意的座驾。安氏服饰公司的固定资产算起来不过四十万左右。当然，加上流动资产，最终的家底有多少，还得看看财务报表上的资产与负债的数据。由于企业规模小，安氏服饰公司请不起专职的会计人员，要看财务报表还得找来外聘的会计。

傍晚时分，等外聘的会计在专职单位下了班匆匆赶过来后，郭子仪才得以把营业执照、会计报表、会计凭证和机器设备等一干信息汇总，拍照的拍照复印的复印。收拾停当，便别了安禄山回到公司。郭子仪准备第二天写一份调查报告，然后交给公司领导审阅。第一步工作就此告一段落。

说起郭子仪的老板，那名头响了，他便是当今 IT 行业的风云人物——马布里。

记得去应聘那回，一进门，发现面试官旁坐着的居然是他——公司老板马布里，郭子仪这才想起一宗电视访谈节目，在节目中马布里说过这样一句话，给郭子仪留下了深刻的印象：凡是来我公司应聘的，我都会尽可能地安排时间到现场参与面试。这不单是表示我对他们的尊重，而且，从我的角度讲，你连员工的面都没见过就用这个人，是否可以说这是一种工作的不到位呢？这段话给了郭子仪很大的触动，让他感受到了一个成功公司的人本精神。要知道，在当今就业市场中，许多人跳槽并不是因为收入的高低，而更多的是因为老板的人格魅力。

"郭子仪同学，你为什么来我们公司应聘？"马布里问。

郭子仪是个敦厚之人，说话不太会绕弯子，见到发问，他就照直了说："马董，我读的是金融专业，贵公司的微信平台刚好与我专业对口，我想我会很适合这份工作的。"

马布里默默点了点头，伸出右手食指，向着郭子仪端坐的方向虚空地点了一下，说："自信是一种成功的条件，我喜欢自信的员工。"然后继续问，"那么，可以请你说说你对信用贷款了解多少吗？"

这问题难不倒郭子仪。郭子仪在前来应聘之前便做了些必要的准备，一些概念在学校里早背得滚瓜烂熟了，此刻，他需要注意的是回答的方式。他想到了一句"语滞则贵"的谚语，便镇定了些，放慢了速度一字一句地回答："信用贷款是一种以个人诚信作为记录的零抵押零担保的贷款形式，一般通过网络在线自助申请，当日审核，一日到账。"

马布里听完后没有表现出感到意外的神情，但对于郭子仪的遇事镇定心中表示赞许。他微微点头后作了介绍性的补充，说：
"我们微信平台的最高贷款限额是五十万，最长还款期为四十八
个月，按月付息。与一般的信用贷款不同的是，我们面向的是
全国各地的小型微利企业，而不是个人。"马布里的补充更像是
一种业务知识的岗前辅导，也有一层强调与别的信用贷款不同的
意思。

"哦，原来贵公司的宗旨是培育小企业，繁荣经济，为小企业
的融资提供一种全新的渠道。"郭子仪这样回答的时候暗暗为马
布里挑起了大拇指，他看到了一个商人的良知与社会责任感。这
时候，马布里的提问仍在进行中。

"是的。那么，是否请你谈一谈信用贷款的'风控'应当做好
哪几个方面？"

郭子仪知道风险控制的重要性，但信用贷款的风控操作起来
难度更大，考验的是债务人的诚信，经常发生一宗宗不能履约的
案件，困难不是他一个刚走出校门的人所能想象的。他沉思了一
会儿，说："最主要的应该是实地调查吧。因为，既然是零抵押
零担保，到企业去实地取证，对企业的经营状况以及资产的调查
就显得十分重要了。"

这一次，郭子仪的回答让马布里感到十分的满意，只见马布
里重重地点了点头，抛出一句话："如果没什么问题的话，你两
天后来公司报到吧。"

郭子仪从安氏服饰公司回来后的第二天，马布里便找郭子仪
一起分析了安氏服饰公司的调查报告，认为法定代表人安禄山不

是风陵渡人便是最大的风险。安氏的厂房是向风陵渡社区租用的，产权不归安禄山，安禄山在风陵渡也没有一处自有的房产，万一他得了贷款跑路了怎么办？

马布里的处事风格是一个"搁"字，这么多年的商界打拼，他已经养成了一个习惯，对于尚不明朗的事情，他的心得是暂缓处置。往往，在一搁的过程中，有些耐不住的人或事便会跳到台面上来，让他看个清楚，更利于决断。

就此，安氏的贷款申请被搁了起来。但安禄山可不会闲着，他一个劲地打电话过来催问，郭子仪只好建议他来公司直接与马布里面谈。是的，作为一个业务经理，他只需把调查结果如实反映给公司领导，至于决策还真不是他能左右的。

现在来说说安禄山这个人吧。安禄山，五十三岁，裁缝出身，是个瘸子。说也奇怪，安禄山拖着一条瘸腿在风陵渡镇上一拐一拐地走路，为办企业东奔西走，倒让许多人看到了他身上的一种品质——倔强。他能吃苦，有干劲，往往为赶货而不分昼夜地把自己扔在车间里。他能说会道，对陌生的客户总能追踪挂钩达成合作意向。安禄山像一枚陀螺地转着，又像一枚钉子一样锲而不舍地专注于他的事业，在赢得一片赞誉的同时，企业逐步走上了正轨。安禄山是个不甘寄人篱下的人，他来风陵渡镇已经有四五年了，前两年是在风陵渡镇的一家有点规模的服装厂当缝纫车间的主裁。但据说他在老家安庆也开过小厂，这样一个做过小老板的人，他的内心是不会安于替人打工的。果然，两年后他在镇上搞起了一家个体缝纫店，专接加工单子做。半年后马上又在工商部门变更为服饰公司，开始自接整衣的单子来做。经过一两年的摸爬滚打，安氏公司慢慢地聚拢了人气，机台也增至五十台，员工有六十多号人，销售渠道上也有了一些固定的客户。

安禄山开始展望未来了。他逢人便说，不出三年，我要在风陵渡购房安家，要买中高档的轿车。一年后，安禄山房子没买成，车倒是真买了一辆，日产的马六，金属漆皮带着流线型的外观，说是出去谈生意如果没有一辆像样的车人家不待见。一辆马六差不多抽走了二十万的流动资金，一下子把安禄山好不容易积聚起来的一点力气一次性清了个空。安氏服饰陷入了资金周转不畅的窘境。

没有车子拉不来业务，有了车子又耗尽了资金。安禄山很清楚这个局面，当务之急是借米下锅借鸡生蛋呀。安禄山掏空了口袋，但口袋里也只剩下几枚硬币的回应，急得他挠破了头皮。其间，安禄山找过镇上的银行，工行、农行、建行、恒信合作银行等等，凡是风陵渡镇上有的银行，他都一一登门拜访申请过贷款。往往是三言两语下来，当人家得知他是一个外地人时，总是闪烁其词心存芥蒂，最终都是一个态度——冷淡避之，办贷款的事大都是一个结局：虎头蛇尾，有了上文没下文。

这回好不容易找到了微信平台，零抵押零担保，可以说这是不能再好的扶持政策了。信用贷款主要是建立在企业的信用上的，安氏公司不就才成立两年吗，你说连一笔贷款都没得到过，哪会有什么逾期展贷、拖延利息的信用不良记录呢？安氏公司就如同一个待字闺中的处子，等着估个好价钱。

在与马布里的谈判中，安禄山的那一张巧舌利唇再次起到了作用。在安禄山的描绘中，下一个年度，安氏服饰公司将走外贸业务之路，交谈中安禄山不断向马布里传递着一路做强的意愿。马布里感觉到安禄山有办企业的经历，从年龄上讲也趋于成熟期，不像那些不知市场深浅的 80 后，安禄山的创业之路应该是属于那种稳健型的，于是最终答应贷给他三十万。但马布里只给了安禄山三个月的贷款期，以此可见，马布里还是对安禄山有些不放心，三个月应该只是一种投石问路的试探而已。自始至终，安禄山一个外地创业者的身份给了马布里一丝隐忧，一旦出现贷款流失，将给跨省追讨带来被动。

贷款算是放下去了，但马布里嘱咐郭子仪对安氏公司必须采取跟进措施，留意这家企业的运作情况，要求每个月都必须提供税务报表，并建立了业务经理走访制度。郭子仪感觉一颗心总是悬着，安氏公司的每一丝风吹草动都得引起高度的重视，日子在煎熬中一天一天地度过。

可郭子仪毕竟不在安氏公司坐镇呀！再说了，安禄山要是心存不轨耍起什么诡计来，他郭子仪也措手不及啊！

果不其然，这种担忧变成了糟糕的事实。

失联之后，郭子仪去过几趟安氏公司，每次去时看到的都是相同的景象：卷闸门垂帘听政。目光所及，唯有几只空调的外机页子在风里无精打采地打转。安禄山春节前便已离开，节后至今未返。

最初时郭子仪是这样考虑的，如今经济不景气，企业开工较晚的现象也不在少数，像安氏公司这样的小厂节后晚点开业也属寻常。但过了元宵节，安氏公司仍无开工的迹象，郭子仪感觉好像有点反常了，因为这个时候但凡正常的企业都已经开业了。要不然，老员工都跑到别的厂家上班了，你还怎么开工啊？郭子仪开始有点紧张了起来，他一个劲地骂着这该死的春节一边翻寻着手机号码。他开始想到了要找安禄山对话，可是他能做的只是一个接着一个地打安禄山的手机，不幸的是，在短短几天里，安禄山的手机提示音由最初的"你所拨的号码无应答"变换成了"你所拨的号码已停机"。郭子仪这才意识到最糟糕的事情还是发生了。

终于，郭子仪受命踏上了寻找安禄山追回贷款的漫漫之路。他想好了，此行他得悄悄地去，最好不要惊动安禄山，来个出其不意，把安禄山候个正着，接下来才好办事。你是说郭子仪势单力薄非但难以奏效还会招致吃亏对吧？那倒不用担心，真要到了那个时候，郭子仪一个电话，人民警察就会是他坚强的后盾。不是吗？

现在这年头，只要有个确切的地址，要找个人还真不是件难事，剩下的事是要看那个被找的人是不是傻傻地待在原地了。郭子仪到了安平镇安桥头村一打听，老乡就往村东头一指，说村东第一家两间三层的楼房便是安禄山的家。郭子仪决定还是暗中观察一下为好，他想等待毫无防备的安禄山自动现身，那样他可以逮个正着，岂不更好。郭子仪找了个隐蔽之所，准备玩一玩守株待兔的游戏，然而安禄山比狡兔还狡猾，足足守了三天三夜，他连安禄山的毛也没见到。更为糟糕的是，这三天里安禄山家连个炊烟灯火的都没有，看样子一家人根本不在家。他一定是躲在哪个犄角旮旯里不出来了，这可怎么找得见呀！郭子仪有点着急，他向安禄山的邻居打听，邻居说安禄山一年四季没几天在家的。郭子仪有点泄气，看来这一趟要扑空，他将有负马布里的所托了，而那三十万的贷款也似乎真有打了水漂之险。

夜晚，郭子仪在安平镇上的一家旅店住宿，他烦闷地倒在床上，拿起遥控器胡乱地搜了一个台，把电视的声音开得响响的。才半个钟头的工夫，门缝里便悄无声息地塞进来七八张印有衣着暴露的女子的纸片，那上面自然还有一长串的手机号码。郭子仪懒得去理会，他坐立不安焦躁烦闷，想早点睡又难以为之，只好爬起来，在水槽前用冷水洗了把脸，便决定离开，冲出这挤压的房间到外面去透透气。郭子仪一个人漫无目的地在小镇的街上走着，拐过两三个弯，在一家小酒店门前忽然吃惊地愣在了那里。他看到一个熟悉的身影，但看上去那人并不是个瘸腿的，郭子仪不能确定那人是不是安禄山。郭子仪只是远远地望着，只见那人闪入店内，与两个原先坐在那里的汉子拼成一桌，开始喝酒吃菜摆起龙门阵来。

郭子仪悄悄地来到店门外，他没有贸然入店，而是选择了站在门外细细地听他们的交谈。就这么听了一小会儿，郭子仪内心狂喜起来，那声音不就是安禄山吗？真是踏破铁鞋无觅处，得来全不费工夫。郭子仪的心紧张得怦怦地跳，他想，这下可不能让安禄山溜了，无论如何他得把安禄山给堵住。他推门而入。

安禄山正吃得兴起，见了突门而入者着实吃惊不小。他没想到郭子仪真会出现在他面前！他伸了伸脖子往郭子仪的身后张望了一下，但实在又不能确定郭子仪有没有带随行的帮手。安禄山一面在心中暗暗悔恨自己的大意，一面脑子里飞快地盘算着如何蒙混过关的招数。安禄山毕竟是个老江湖，不一会儿，他便想到了对策。他定了定神，装出一副不认识来人的样子，顾自与人喝酒吹牛。

"安老板，你可让我好找啊！"郭子仪来到身前拍了拍安禄山的肩头说。

安禄山仰了仰头，一身的酒气，回了句："这位兄弟，我倒是姓安，但压根儿没当过什么老板，就闲人一个，给人打个短工，我想你是认错人了吧！"

郭子仪听了也不着急，拉了把椅子坐下，那位置刚好卡住了门口的退路。笑了笑，说：

"怎么可能认错人呢！安禄山安老板，我的客户，咱可是老朋友了啊！"

安禄山故作姿态，拍了拍脑门说："哦，我懂了，这位兄弟，你一定是把我当作我的堂弟安禄水了吧？"

郭子仪心中一惊，原来安禄山有个长相酷似的堂弟叫安禄水，这倒是他没想到的。可这又怎么能证明眼前的安禄水不是安禄山呢？

郭子仪正走神的一会儿，那个自称是安禄水的像是看透了郭子仪的心思，哈哈大笑，说："小兄弟，你认识的安禄山是不是瘸了一条腿？"

"是啊！"

安禄水说罢腾地站起身来，在地上来回走动，拍拍腿说："你看看，我像是个瘸腿的吗？"

这下让郭子仪不由得不信了，眼前的男子行动自如，根本不是个瘸子。看来是空欢喜一场了。

这时候，安禄水付了酒账，向郭子仪客气地说了声："现在弄清楚了，那么我就不陪兄弟你磨叽了，先走一步。"

郭子仪没有理由挡路了，只好让出路来，眼巴巴地看着安禄水离去。

安禄水刚走不久，原先与他拼桌的客人中有一人忽然嘿嘿地冷笑起来。郭子仪见笑得诡异，连忙问道："这位大哥为何发笑，难道有什么不对？"

那人把酒杯往桌上重重地一放，趁着醉意忽然骂道："你这个傻瓜，那人便是安禄山，我们安平镇安桥头村就一个安禄山，哪来的安禄水呀?！再说了，安禄山的父亲是独苗，他安禄山哪来的堂弟呀？"

"可是，可是安禄山不是个瘸子吗？刚才那人分明是个正常人呀！"郭子仪说完陷入了迷雾，理不清头绪，他愣在那里口中喃喃。

谁知那人又嘿嘿冷笑了几声，说："他倒是个有些手段的拐子，瘸腿只是他掩人耳目的演技罢了。我最见不得这种人，出门在外不老老实实打工，就想着干些坑蒙拐骗的行径，骗一年吃五年的下作痞子！"

郭子仪没等他说完便夺门而追，可是空荡荡的街上居然连个人影都没有。郭子仪无助地回到小酒店，他向那位道破玄机的汉子递上了一支烟，想从他口中探得些线索。那汉子看出了郭子仪的意思，吧嗒了几口烟，说：

"我呢只能给你透露个东南西北，至于具体他躲在哪家旅店里，那得你自个儿去找了，毕竟我跟他还算是个老乡是吧，要不是因为这人不规矩，我才懒得闲嘴呢！"说完朝西大街的方向指了指。

郭子仪只好将那西大街上的三五家旅店挨个儿查问，但一致地遭到服务台的回绝。也是，客户资料是个隐私问题，怎么可以随便外泄呢？那下次谁还住你店啊！郭子仪灰溜溜地走在大街上，他是走也不是留也不是，他从街头一直走到街尾，来回地走着，他不甘心就此放弃，渐渐地东方露了白。

这时候，一个熟悉的身影急匆匆地从一家旅店出来，像一只过街老鼠一样窜行去向西小河一带。郭子仪兴奋起来，尾随跟上。郭子仪毕竟年轻，没多久便拉近了距离。安禄山见情况不妙，突然侧身一个箭步，扑通一声跃入了西小河。原来，安禄山是想搏一把，看郭子仪敢不敢跳河，识不识水性。谁知郭子仪紧随其后，毫不犹豫地腾地一跃下了水。而且，水里的郭子仪显然比岸上更显得得心应手，三划四划便扯住了安禄山的手，两个人在水中扭作一团。时间一长安禄山便游不动了，还呛了几口水，于是索性一动不动地浮在水中。郭子仪见安禄山已然就范，便也松了手，两个人仰天漂浮在水中呆呆地望着安平镇清晨泛白的天空，只管喘气都不开口说话。

许久，安禄山埋怨道："小郭，你怎么就这么死心眼呢？不就是三十万吗？你犯得着这样舍了命地找我追我吗？"

"你这个三十万可碍着老子了。别说我工资奖金拿不到，就连饭碗都保不住了。你这哪里是赖账，分明是要了我郭某人的身家性命啊！"

正说话间，西小河两岸却已站满了围观的人。安禄山朝岸上挥了挥手，说："我们是冬泳队的，在早训呢！老少爷们也有兴趣？要不下来游游，我们冬泳队可是热烈欢迎哦！"

安禄山说时向岸上的人招了招手，示意下来，围观的人却一个个掉头离去散了个干净，谁也懒得理他。

安禄山与郭子仪一起爬上了岸，两人一个劲地打着喷嚏。初春的天气还没有转暖，刚才是情急之下没觉得河水凉，上了岸被风一吹，一个个瑟瑟发起抖来。两个人得赶紧去换一身干衣服才行。安禄山想走，郭子仪说什么也不让，于是只好一起去了郭子仪住的旅店。安禄山换上了一身郭子仪的干净衣服，郭子仪却只能穿一套昨晚换下的脏衣裤。

安禄山坐在床边盘算着脱身的办法，郭子仪却思量着如何把安禄山带回风陵渡。

长途汽车站，安禄山与郭子仪一前一后地走着，可两人心里各自盘算着，郭子仪提醒自己保持与安禄山的距离不超过三步，而安禄山迎着人流开始动起了坏主意。他看到了车站里的几名保安非常警惕地注视着进站出站的旅客，于是灵机一动，用安庆话冲着一名保安悄悄地说了几句，大意是说前面那个外地人是个小偷，刚刚还在偷旅客的钱包呢！那保安本身就绷着一条神经，一听说小偷便扑了上去，一把揪住郭子仪，另一名保安看这情形也从不远处飞奔前来增援，两人合力将郭子仪按在地上不能动弹。郭子仪被突如其来的变故弄得不知所措，他喊叫着抓错人了，但两名保安哪里信他，一直把他押解到车站警务室盘问。

郭子仪知道着了安禄山的道了，回头看时，安禄山逃跑的背影渐渐地隐没于人海。

郭子仪从车站警务室出来时已然是三个多小时后的事了。那是他通过电话联系上了马布里，车站警务人员得到了身份确认后才放的人。

郭子仪刚跨出车站警务室的门，便两腿一软栽倒在地，当有人伸过手来搀扶他时，被他轻轻地推开了。他知道自己只是误了饭点，身体才表现得发虚，其实并无大碍。他坐在地上，眼前影现的是安禄山的那张巧舌如簧的嘴，那红红的两片嘴唇让他想起了安氏服饰公司墙上的那句标语，确切地说是那标语上的"信"字下面的那个口字，没有棱角，圆滑如一根回成一圈的热狗。而单人旁的竖笔则夸张地拖了下来，在末了处诡异地写成了断续的红点。

小区居民与一只扰人清
梦的大鸟展开了斗争。

爬上阳台的稻草人

我把自己打扮成稻草人，在确信与先前的那个真的稻草人在外观上基本无异后，爬上了天台。我想，这一次我应该能得手了。把那个猖狂的入侵者捉住，还小区人们一个早安。

大约一个多月前，我住的小区来了一群飞鸟。

我对鸟的种类一向所知了了，除了能识别麻雀、鹦鹉、翠鸟外，连乌鸦与八哥都区分不了，喜鹊更是无从得见。但我能分辨出麻雀的叫声，这突如其来的群鸟中确有几尾不是麻雀的，它们的叫声有别于麻雀的嘈杂，显得宛转动听。其中有一只特别的鸟，叫声大约与"伽扑尼是"相近，尾巴拖出去一笔长，每叫一次便仰一下头颅，收一下腹腔，翘动一下长尾，其声顿挫，其状威严，俨然是鸟中之尊。我叫不出这鸟的名字，于是与卢兰开玩笑地说，要不咱就叫它"倭鸟"吧。

在白天里，有这么多的鸟相伴，倒也没觉得不妥。它们之所以栖居于此，想必是小区的绿化繁茂吸引之故。直到有一次听一位长期生活于此的居民说起，小区的地块原先就是一片丛林，这些鸟应该便是世代繁衍于此。如此说来，我们这些来自四面八方的迁居者倒成了鸟儿们眼中的"外来户"了。

我想象着这片林子被划入开发区之初的情状，开发商先是圈地，接着是伐木，再就是打桩，继而高楼拔地而起。那么，这些鸟呢？它们退避远处的山林，心里却眷顾着这一片曾经的家园，一直到若干年后的今天，小区的绿化足以还它们一个安身之所时，又打回了老家。可是，这已经不是它们先前的家园，而是像我老沈这样千百个住户的家园了。

关于鸟的到来，麻烦之有无很快分晓。

大约是一个多月前的事了，还不到五更天吧，窗外灰暗一片，但东方应该已初现了一丝鱼肚白。我从窗帘的缝隙里判断。突然，一声声"伽扑尼是"把小区的人们从睡梦里惊醒。那讨厌的倭鸟不知从哪个角落里出来，站立于一个制高点，神气地宣告着它的一天的开始。对不起，我想重申一下，我说的是它的一天，因为小区居民的一天实在不是这个时间点开始，大都还要挪后两个小时吧。当然，也有个别起得早的，大约会在一个小时后开始他们一天的生活活动。我不胜其烦，眯着眼来到窗前，摸索着紧闭了窗户，其间，我的身子被柜子与桌子或者床沿的硬木碰撞了几下，瞌睡让我无暇顾及疼痛，我摸索着从原路返回，继续倒下，企图努力睡去。然而，糟糕的是我们这个小区在房产商施工的时候都没用上隔音玻璃，关上窗户仍旧不能隔离那一声声抑扬顿挫的鸟鸣。我在迷糊中先是期望着那鸟儿能早些离开，一面又用被子裹掩住了耳朵，试图努力睡去。但事实是那鸟儿没有走的意思，有种咬住青山不放松的韧劲。大约经历了半个小时烦躁的等待，我实在忍无可忍，开始臭骂那只倭鸟，好端端地为何赶来扰人清梦！我试着去想一个问题：谁会在四五点钟起床？如果有一种人非得在凌晨四五点钟起床的话，这鸟叫声倒是帮上大忙了，不至于因贪睡而耽误事了。哦，这样的人或许有几位吧，那是炸油条的老葛一家，必须早早地生了煤饼炉子，早早地熬粥蒸馒头；还有那水果店的春生，开着小货车一大早得去批发市场进货。接下来呢？接下来的这些住户大约都会睡到七点前起床吧。至于那些市区上班的 80 后、90 后，睡到八点也不算晚起，早九晚五的日子让他们习惯了晚睡。那么，在将近两个小时的休息时间里，人们将承受耳膜的轰炸，被迫接受这只倭鸟肆无忌惮的骚扰！凌晨的四点三刻到六点三刻，是多么嗜睡的黄金时间啊！

我心里开始生出一种侥幸来，企求着这雄健的倭鸟会在接下来的某一天因为无聊而飞走，还小区一个宁静的早晨。毕竟，它站在高处鸣叫每每只是一种独奏。没有观众的独奏难道不觉得无聊？然而，这样的侥幸与企求在一周的等待里被迫放弃。那只倭鸟除了在雨天中断它的早课，其余的时间里无一缺勤。这真是一个执着的歌者了！

我开始奇怪地希望下一个早晨有雨，但又为出门时遭遇下雨而懊恼。这样的矛盾持续了一段时间，逐渐陷于一种不堪。我知道我的精神越来越差，这些天唯一让我提神的是六楼老夏的咒骂。老夏站在窗口，目光大约与那只立于前一幢公寓天台水池上的倭鸟平视，或者视线稍稍地仰起了一两寸。为了他那上幼儿园的小孙女能睡好，不至于无精打采地去上学，这一个多月来他窝着一肚子的火。老夏也不在凌晨咒骂，他会在七点以后，他老伴带着小孙女去老葛家吃早餐后，对着那只仍旧喋喋不休的倭鸟还以喋喋不休的咒骂，上蹿下跳地表示着他的愤怒。我仿佛感受到从六楼飘下的纷纷扬扬的唾液雨，满载着老夏的怨怼。

但倭鸟对于老夏的愤怒行为置若罔闻，依旧它的抑扬顿挫，气得老夏开始在屋里寻找可掷物品。他想到了误伤，所以起先时只找一些轻飘飘的物品扔，如泡沫塑料、布团、筷子等。但很快地他发现根本近不了倭鸟的身，便索性拿了一把棕帚扔了过去。但见那棕帚堪堪地飞行在两幢楼之间，徐徐下沉，最终掉在了花圃的一株棕榈树上。那棕帚骑在了张开的棕榈叶上，或者是张开的棕榈叶托举着棕帚，随风摇摆，嘲弄着老夏的再一次失利，搞得老夏下不来台，既而换之以更高分贝的咒骂。

我想我有必要声援一下老夏了，毕竟此刻的倭鸟人所共愤。我从抽屉里翻出一把儿子玩过的弹弓，开始拿窗台花盘里的小石子弹那倭鸟。但是准头差了些，将将地从那鸟的身旁飞过。有一次我啪的一声误击在了水池壁上的镀锌管上，发出持续的金属空音，嗡嗡然，倒是惊着了那倭鸟，但见那倭鸟展翅飞走了，留下长尾一顿一顿的背影。它走得并不仓皇，相反优雅之极。

老沈，还是你行！

这是老夏对我的褒扬，我们终于暂时合力赶走了这个讨厌的入侵者。

但事实证明，想要入侵者永远地消失只是一种美好的愿望。这样的愿望只持续到了第二天凌晨，随着一声声"伽扑尼是"的顿挫声冲击耳膜，老夏与我再度落入到绝望之中。入侵者再次归来！我想到了灰太狼的那句台词——我会回来的。顺便说一句，我当然不至于去看这部动画片，但这一句台词是每一集的压轴，孩子们在看的时候我就记着这反复的一句了。

我与老夏醒悟到，先前的招数已经没有故伎重演的意义。好在，我们俩都有干农活的经历，很快就想到了当年在田间地头驱赶麻雀啄食的招数——扎稻草人。

这活儿对于我俩来说驾轻就熟。我们把旧衣裤绑在了用拖把柄支起的十字架上，再在头部给稻草人戴上一顶遮阳帽，正自得其乐之际，卢兰过来在横杆上套上两截废旧的衣袖，长袖立马迎风飞舞，正好驱赶那倭鸟，我们齐声赞赏卢兰这点子不错。我在老夏的协助下，把稻草人固定在天台水池的镀锌管上，比那池沿高出去大半个身位，然后回到各自家的窗口等候着那倭鸟的到来。我们开始憧憬起那倭鸟见了稻草人后的受惊窘样来，心想，那倭鸟飞来时本想停在原先习惯的制高点上去，却发现情况不对，怎么今天有一个人把持了那位置，如何是好？

没多久，那倭鸟从高处如期而至，正要下落到水池沿上，忽又惊起，在天空里打了个旋，落在了天台的一侧。但见它远远地打量着稻草人，小心翼翼地迈着碎步，探头探脑，显得不敢造次，稻草人每一次迎风飞舞的长袖飘动都会惊得它飞起躲避。我与老夏窃笑连连，但好景不长，几个回合下来，这鸟儿开始探出几分猫腻来，于是胆子越来越大，大有飞上水池之意。老夏开始咒骂起来，说，这畜生为何如此聪明？骂声里有惊叹的意思。我也在思考着一件事，是什么让这畜生发现了问题？哦，对了，一定是稻草人不会走动的缘故。太假了，一个不会走动的"活物"还能算是活物吗？这对于鸟儿来说能构成什么威胁？

那鸟儿开始试探着站上了池沿，至此没有张狂地叫过一声。只见它在池沿上来回徒步，但始终歪着一个小脑袋，紧盯着稻草人的方向，蹑手蹑脚地。我开始预感到失败的一刻将要来临，因为我想到了稻草人的没有生气，我说的是生的气息。一个没有生命气象的稻草人如何骗得了这个聪明的精灵！

终于，一件令老夏与我彻底难堪的事发生了。那倭鸟经过半天的试探已对这个庞然大物了然于胸，一跃飞上了稻草人的头顶，确切地说是站在了那顶我曾经戴过的遮阳帽上，以一个征服者的姿态趾高气扬地"伽扑尼是"起来。

它居然跃到了头顶，站在了我戴过的遮阳帽上！这下我气得不轻，这畜生太过张狂了！它这是在向我与老夏表示着公然挑衅！

我与老夏真没有退路了，这个夏天我们得把"抗倭战争"进行到底。老夏说他打算上去候着，带一个大网兜上去，先躲起来，趁那畜生不备时扑过去一个网兜盖下，把那畜生网住。我说，你倒真像个格格巫！你斗不过倭鸟的，因为蓝精灵从来没有被格格巫捕获过。没有翅膀的蓝精灵尚能从网兜下逃生，更何况是长了翅膀的倭鸟！老夏被我一点破便越是懊恼，发狠地说，我真想抓了这畜生，拔了它的毛，炖了吃。我说我也想哩，就着花雕酒，嚼烂了这畜生，解气。但我们还得想个好法子，不然，怎么把它擒住？我想了想，一个主意在我脑壳里滋生，于是悄悄地凑上去，耳语了几句，逗得老夏咧开了大嘴哈哈地笑了起来，直夸我这个主意好。

于是，我把自己打扮成稻草人，背后还藏了老夏的那个大网兜，爬上了天台，把真的稻草人撤了，自己代之。现在我成了那稻草人，帽子还是原来的那顶。对了，我是在凌晨四点半上去的，赶在了倭鸟来临之前。我张开双手，把自己弄得像个十字架似的，两臂套上了卢兰的两截长袖，站立于天台的风中。我的脸冲着东方，密切留意着那一丝鱼肚白的到来，因为只要那一抹白出现，那倭鸟也将不期而至。我觉得自己像个英雄，我正在为小区早晨的安宁而努力。我务必要擒获那个入侵者。

我僵在那里，不敢稍有动作。清晨的露水涨潮般地涌动，我的眼睛开始模糊，我忽然发现自己犯了错误，我居然还戴着那副近视眼镜。要不是露水打湿了镜片，我会毫无觉察自己的愚蠢。我迅捷地摘掉眼镜，塞入口袋，庆幸自己发现得早。但新的问题产生了，摘掉了近视眼镜，意味着二十米以外的事物对我来说只是一个影子，我怎么能及时发现倭鸟的行踪呢？

那抹鱼肚白终于出现了，当然我只是模糊地觉得。我已经没有时间去考虑，因为那鸟儿随时都会站在我的头顶。我要做的是翻手网住它，我时刻准备着。也许，那鸟儿已经躲在了某个角落里，窥视着这边的动静，所以我得保持稻草人的姿势，僵在那里。我只在心里默念，希望鸟儿未见端倪，放心地飞落在我的头顶。时间过去了一刻，算起来比倭鸟平时出没的时间晚了一刻。

我听到了谁家的落地大挂钟清脆地敲了五下，清晰地告诉我现在是北京时间凌晨五点整。我心下开始狐疑，这畜生今天怎么也赖床了？天这么好，怎么晚了一刻钟呢？

我开始听到了老葛家拉起卷闸门的声音，我甚至是闻到了他老婆生起的煤饼炉子的呛鼻味道。接着是水果店的春生发动了小货车，马达声腾腾腾地传出去老远，很快走开了。这些都不足以影响小区人们的早睡，因为这些动静都不具备持续性。凌晨五点，除了肩负抗倭大任的老夏与我，小区的父老乡亲都睡得香香的。不对，以往这个时间应该有一种烦人的声音惊扰着他们的睡梦，就是那该死的倭鸟的叫声！

这该死的倭鸟怎么还不到来？！

时间已经又过去了两刻钟了，我在心里默默地骂了一句。我僵在天台上已经三刻钟了，这是我先前没有预计的。我以为东方刚现了鱼肚白，也就是大约四点三刻的时候，那鸟儿就会站上我的遮阳帽，我便立即将大网兜反手一扣，把它网住，然后鸣金收兵，与老夏相约着好好收拾这个恼人的畜生。这个过程算起来不需要十分钟，也就两三分钟的事。可事与愿违，那倭鸟却无故缺席。这一缺席，搞得我计划乱了套，只好坚持着僵在那里，整整四十五分钟。我开始感觉到腰酸背疼，眼前也逐渐模糊起来。

老夏家的窗前有个人影在来回晃动，我知道是老夏在来回徒步，看来他表现得比我还焦躁。我想，他是知道我坚持不了多久了，这意味着今日的努力将白费了。我俩精心设的局即将落空，唯一聊以安慰的是小区的早安。这一天早上，老夏的小孙女与小区的人们睡了个安稳觉。

　　我是在老夏的帮助下才下的天台，然后又在卢兰的搀扶下回到了自己的家。我倒在床上不想动弹，懒得洗漱。但就在我的腹内唱响"空城计"之前，那"伽扑尼是"的叫声却真切地响起。我的脑子里很快地闪过一个念头：难道这畜生早发现了稻草人是假的？就等着我撤退？你看我的衣裤帽袖，都处理得这么逼真，怎么可能被它识破呢？

　　我与老夏谋划了一番，最终还是决定第二天重上天台，继续我们的设局。

　　这一次我心里有了准备。我想，根据第一天的情况来看，那倭鸟是不一定会如期而至的，我也不需要神经高度紧张地候着。我放平了心态，闭目养神，脑子里想一些杂七杂八的事。我想起了春耕播种，在自家的承包田里，我挽起了衣袖裤管，拎了一把铁耙捣起烂泥来，把三亩地的上方分出一分田来，然后再分割成三块长方形，取了沟中的淤泥往方块地上抛，然后铺开，再用秧烫细细地平烫，接着是往上面播撒浸泡后发了芽的稻籽。我这是做秧畈呢！撒了稻籽的秧畈田最怕一件事——引来麻雀。那些秧田，麻雀是最知道有机可乘的。它们会一次又一次地降临，跳来跳去地啄食那些刚撒下的伴着烂泥的稻籽，用以果腹。真要被它们啄光了，那农家还怎么培育秧苗，春播夏种就成了泡影！

　　于是，老祖宗就想了一招对付这些贼鸟——扎稻草人，插在田头，驱赶那些贼鸟！

　　大概麻雀的脑袋瓜子并不怎么好使，这一招一直沿用至今，效果还算不错。但，我与老夏想以此道来对付倭鸟，能否奏效，心里着实没底。

首先，这个倭鸟在形体上显得与众不同，青灰的羽毛，优雅的长尾，喜欢长时间停于一个制高点向众生发话，一看就是个发号施令的家伙。最关键的是它那特殊的叫声，"伽扑尼是"，一听便知它非同凡类。这与倭人自诩是高贵的大和民族有许多相似，众鸟只有屏气敛声俯首听音的分。这种气场传递开来，大有让小区的居民也屈服于它的威严之下之势。对于这样一只鸟中之王，我们玩这样的小把戏它可能上当吗？

所以，事实证明，只需经过简单的试探，那畜生便一跃上了稻草人的遮阳帽，趾高气扬地向我们示威起来。

凡事都是逼出来的。那倭鸟既然不把稻草人当回事，那我们何不来个将计就计。我们正好趁其不备将它网住。

但奇怪的是，我扮成稻草人的第一天狩猎居然落空！一些疑问萦绕在我与老夏的脑海，我们究竟是被那畜生识破了，还是那畜生偏偏在这一天开了小差？算起来我与老夏的年纪也不小了，懂得凡事往坏处想会更接近真相的道理，但我就是不死心！于是才有了第二次上天台守候的场景。

东方渐露了鱼肚白。我发觉我从来没有这么专注地看过日出。如果不是因为擒拿这个扰民的入侵者，似乎不会为了看日出而摸黑爬到天台上去，在嗜睡的四更天里。我眯着眼看着鱼肚白变成红日，再由红日演化成炽热的明亮的天。但倭鸟仍旧不见踪影。我的四肢是发僵的，一个固定的十字架动作做上一两个小时真不是件容易的事。我脑子有了撤退的念头，一迈步，居然打了个趔趄，没站稳，噗地坐在了地上。

这一倒居然倒出个意外来！

但见一个青灰的身影扑棱棱飞起，就在天台的西北角，我的身后十米远处。

毋庸置疑，在我的身后一直窥视着一双眼睛，它注视着我的一举一动，估计它的视线早就发现了我身后掩藏的大网兜。那么，对于我与老夏的心计，它已了然于胸。

我想，这畜生一定是躲在我的身后暗中发笑，笑人类的疲乏、无聊与愚蠢。它甚至想好了要与我和老夏斗上一斗，看谁能耗得起这份精神。事实证明我第一天便暴露了一幅疲态，因为我是被老夏扶下天台的。而第二天，我更是出足了洋相，我居然迈不开步子了，僵硬的躯体一动便倒，在这畜生面前输尽了颜面。

"明天，我还要不要继续上平台？"我问老夏。我说这话时满脸的不自信。

老夏支吾其词，但我大概明白了他的意思。

老夏还是希望我再试上一试，最后向我保证，事不过三，明天是最后一次，过了明天，对付那倭鸟的任务就移交给他来办。

我本不想再上去了，因为连续两天的起早贪黑，餐风沐雾的，腰酸背疼了不说，还感染了风寒，我与老夏说话时头筋像是在弹琵琶，一拎一拎的生疼。我猜想，老夏之所以坚持，是因为他没有我那种置身事件的感受，他不上那六楼顶的平台，感受不到身体的不适不说，还感受不到那贼鸟的狡诈。但我还是拗不过他，勉强地答应了下来，毕竟现在我俩是同盟。我站好了明天的最后一岗，余下的折腾就全归了老夏了，说起来倒也干脆公平。

今天是我最后一次扮稻草人的日子，但明显地我的精神头大不如前。因为感染了风寒，我浑身打着战，眼皮沉重得很，刚上去就眯上眼想睡。看看这天气，黑咕隆咚的，不是人最贪睡的时间吗？

我睡着了，还打起了呼噜。我靠着水池的边沿，所以还是勉强站着打的盹。由于鼻塞的缘故，站着睡居然也有了鼾声。我这人比较特别，能听得见自己的呼噜声，平常与妻子卢兰一个床头睡的时候，呼噜声刚一起，我便会发一句问：我是不是打呼噜了？回答自然是肯定的。我就这样听着自己的呼噜声在天台上打盹，心里好笑，那只倭鸟看到了一个会发出呼噜声的稻草人后该是多么的吃惊！它一定受惊不小，不敢再上前！我想到了这里，忽然感觉不妥，我上天台来干什么？不就是为了麻痹倭鸟的神经，然后伺机捕捉吗？我努力地想克制自己的呼噜声，但又似乎很难成功，这连续的三个早上没能睡好，换谁都抵挡不了。迷糊中我忽然感觉到天空中有翅膀扑空的声音，接着一个青灰的身影落在我的面前。对，就落在水池边沿上。我一看又惊又喜，这不是那倭鸟吗？我伸手到背后去抄那只大网兜，想着以迅捷的动作套住倭鸟，却发现手怎么也提不起，急得我额头直冒汗。这个时候那鸟儿突然发了话：

"你抓不住我的！"

我说："为什么？"

那鸟儿很有把握地说："我有翅膀，你有吗？你一动，我就飞走了。难道你能跟上我，一起去飞？别白费力了。"

好吧，我不抓你了。我知道它说的是令人信服的。我下意识地舞动了一下两只长袖，感觉到那实在不是翅膀，我的身子是不可能随着长袖飞起来的，于是放弃了捕捉的念头。

那鸟儿继续说道："那么，我们现在可以平心静气地对话了吧？"

我只是平静地点了点头，心里觉得很好笑，你一个卵生的飞禽居然也想着与人类对话，岂不好笑！

"你们为什么要捉我？"

我一听它说这话就气得身子颤得厉害。我满脸怒气，说：

"天还没亮你就站在高处叫个不休，让我们小区的居民如何安睡？"

"不可以吗？鸣叫是鸟儿的天性！"

那倭鸟一副满不在乎的神情，至此都不知道过错。我再也按捺不住了，怒吼道：

"回你的山林去叫吧，岂不闻古人早有定论，所谓'蝉噪林愈静，鸟鸣山更幽'，你不在山林享受你的野趣倒来人间捣乱？"

话音刚落，那倭鸟却已显得激动异常，冲着我大声来上一通"伽扑尼是""伽扑尼是"。那样子看上去毫无退缩之意，比我还来劲。我面露鄙夷之色，黑着脸抛过去一句："你一个扰人清梦的入侵者凭什么发怒？"

这话刚一说完，却见那倭鸟颤抖得比我更甚，它简直是用尽了所有力气在向我回击着它的愤怒："入侵者！你知不知道这里原来就是一片繁茂的山林，这里便是我的家园！是你们，你们人类夺走了我的家园，我不该回来吗？我和我的祖辈在这片山林栖居了多年，我们生来的叫声便是'伽扑尼是'。现在，你知道谁才是真正的入侵者了吧！"

我被这倭鸟一顿抢白，无言以对。仔细想想，这畜生的话好像句句在理，像我，本是个老实巴交的庄稼汉，却也别了世代劳作的土地过上了城里人的生活。更有一种势头，为了追求良好的生态环境，许多高档小区的开发商，已经把目光投向了山地丘陵。

我一脸的愧疚，却又不甘心向这倭鸟示弱。说真的，我不觉得自己有什么过错。正僵持间，却听到有人高喊了一声："老沈，那贼鸟就在你面前，赶紧套它呀！"

我被这喊声惊醒，原来是老夏在对面六楼里向我提醒。可我刚才明明是在打盹，不对，我好像与那倭鸟有过一番激烈的对话。那我究竟是打盹还是始终处于清醒之中？我有点迷糊了。但有一件事是可以肯定的，鸟儿怎么可能讲人话！不会鸟语的我也不可能与鸟来上一番语言上的交锋。那么，刚才我只是在打盹时顺便做了个小梦，这瞌睡与小梦随着老夏的一声喊都做了个了结。等我去搜寻倭鸟的身形时，早已没了踪影。老夏在远处显得很颓废，他摇着头，示意我撤退。而我却连站立的体力都没有了，摇摇晃晃起来。一个在天台上摇晃的人将是多么危险！老夏与卢兰连连惊呼，他们一边呼喊着老沈别动待在原地的话，一边从对面急匆匆地下楼过来。

我这次是真正累着了，加上前一天感染了风寒，身体虚脱得不行。我倒在床上一直睡了三天，才能勉强坐起用卢兰递过来的饭菜。听卢兰说，这三天里老夏是经常来床前探望，说了一大堆责备自己的话。大意是说这三天没上平台替换一下老沈，把老沈身体糟蹋得不轻，实在抱歉。正说着老夏又在外面拍门了，他进来后看到我能起床了很是高兴，拍着胸脯说，接下来的事儿就交给他了，他已经想好了对付倭鸟的办法。我问他究竟用什么法子，他只是伸出两只手到嘴边，然后学着老鼠吱吱地叫上几声就走了。

老夏是上午来看望我的，他走后就没有再回来。但我一直在思忖着他扮老鼠的滑稽相，难道这跟他所说的对付倭鸟的招有什么联系？

午后时分，天空中突然响起了一阵阵闷雷，我忽然想到是有些天没有下雨了，看样子会下一场透雨。这场雨比我所料的要声势浩大些，简直可以用洗劫大地来形容，高处的雨水往下瓢泼，平地的雨水汇流着奔向低洼而去，夹带着地面上的一些碎屑。傍晚时分，空中展露了天青色，辽远赶走了所有逼仄，而大地落入了浸泡的膨胀，一些细小的飞虫在扎堆飞舞，撞着人的头脸。孩子们拎着裤管一个个从家里出来，眼前总有绕不开的积水，而大人们是时候张罗晚餐了。

我站在窗口，看着对面那幢公寓的背面，那些灶间忙碌的身形。我比任何时候更熟悉那幢房子的二单元的楼道以及天台，因为三天前我三次扮作稻草人，在四更天里摸索着爬上二单元的天台，在水池傍等候着那个入侵者，企图终止它扰民的行为。

一束束从窗户射出的透析着温馨的灯光，一个个熟悉的呼儿声……

突然一个个窗口里传出一声声惊呼，人影错杂混乱，喊声开始发出揪心的哭泣……

　　紧接着，一辆救护车远远地呼啸而止，停在了对面二单元的楼下，还没等车上的医生打开车门下车，又一辆救护车呼啸而至……

　　看着这突如其来的一幕，我目瞪口呆。我们附近的居民都匆忙地加入了救护的队列，一个个熟悉的身形被急匆匆抬下楼来，然后送往医院进行抢救。我的心中飞快地闪过一个念头：这样大面积的事件一定是食物中毒无疑，而患区仅限于对面二单元十二户住户，这又说明是一个共同的食源出了问题。水，一定是天台水池的水出了问题！我想起了老夏临走时把手指伸入嘴巴发出的吱吱声，那声音是多么的诡异！让人联想到吃了鼠药后痛得抽搐的家鼠！

　　我加入了抢救的队列，把一个个熟悉的住户送上了急救车。这个时候，我看见老夏迎面走来，但他看上去并没有加入救护队列的意思，只是两眼空洞地看着前方，不时地与忙碌的救护人员发生着肢体的碰撞，不避不让。没走出去多远，老夏又折回来，口中喃喃着，我仔细一听，发现他反复说着一句话：

　　"我不知道会下雨的！我真的不知道会下雨的！"

　　突然，老夏用力地抓住我的手，说：

　　"老沈，都是我的错，我想着用鼠药毒死那倭鸟，把鼠药撒在了天台的水池盖上，就在倭鸟常停的边上。我以为事情会变得很简单，只要那倭鸟一啄食，它就死翘翘了，非但能帮你出了那恶气，也能完成我们的抗倭大业。结果，突如其来，被一场大雨坏了事。这雨一下，撒在水池盖上的鼠药全被冲入了水池……对了，一定是从盖缝里流入的。这可怎么办好呢？老沈，我会被警察抓走的，然后坐牢！"

我惊愕不已，只是手指着老夏，嘴上却说不出话来。而老夏却没有等我开腔的意思，用双拳猛捶自己的胸口几下，便呼喊着转身飞奔出小区……

老夏回来的时候已经是一个多月以后的事了。他一身的泥垢，花白的胡子遮住了一张大嘴，肩上扛着那个稻草人，逢人便只做一件事，学那倭鸟叫"伽扑尼是"。人们都躲着老夏走路，而老夏对那些不理不睬的人会跟上去几步，多叫上几句。

无趣的时候，老夏会一个人上演人鸟大战的游戏：把稻草人插在花圃里，然后自己则扮成那倭鸟，张开的双臂做着翻飞的动作，不断地发着鸣叫。有时候还会说上一句，"你来抓我呀，你的大网兜呢？稻草人，你飞起来呀，来抓我呀！"

起先的时候，这个游戏的看客有两位，一位是天台上的倭鸟，另一位是我。但后来只剩下了我，日复一日。

那倭鸟真正感兴趣的不是老夏的游戏，而是站在制高点上不停地叫"伽扑尼是"，日复一日。